最好的陽光

江双乐◎著

安徽师范大学出版社

·芜湖·

图书在版编目（CIP）数据

最好的阳光/江双乐著. — 芜湖：安徽师范大学出版社，2020.1（2024.6重印）
ISBN 978-7-5676-4487-8

Ⅰ.①最… Ⅱ.①江… Ⅲ.①诗集–中国–当代 Ⅳ.①I227

中国版本图书馆CIP数据核字(2019)第284042号

最好的阳光   江双乐◇著

ZUIHAO DE YANGGUANG

责任编辑：辛新新   责任校对：刘　佳
装帧设计：张　玲   责任印制：桑国磊
封面题字：韦斯琴
出版发行：安徽师范大学出版社
　　　　　芜湖市九华南路189号安徽师范大学花津校区　邮政编码：241002
网　　　址：http://www.ahnupress.com
发 行 部：0553-3883578　5910327　5910310（传真）　E-mail：asdcbsfxb@126.com
印　　　刷：阳谷毕升印务有限公司
版　　　次：2020年1月第1版
印　　　次：2024年6月第3次印刷
开　　　本：700 mm×1000 mm　　1/16
印　　　张：20.25
字　　　数：230千字
书　　　号：ISBN 978-7-5676-4487-8
定　　　价：79.00元

序

　　哲学、历史学、诗学等几门学科都坚称自己是时代精神。哲学家说，哲学不是黑夜的猫头鹰，而是报晓的雄鸡。历史学家说，历史虽是过去的一切，却是与现实的对话。诗学家称，诗歌表达人类的普遍情感，是时代精神的最强音。这几种说法都是站在学科角度来表述该学科与时代精神的关系。亚里士多德、培根等哲学家曾把诗学与历史学分开，认为历史学只是描述具体事件，无法传达崇高、悲壮等情感，而诗是虚构的整体历史，诗学高于历史学。在我看来，这几门学科的背后都有"人"，在传达时代精神方面，它们不仅相通，甚至可以说是相同，几者都是人对世界意义的阐释。换言之，是世界意义在不同境域的展开。不可否认，诗人在阐释世界意义的时候，与哲学家、历史学家有不同之处，这当然是指语言。哲学家在展开一个命题的时候，历史学家在探究一个事件的时候，虽都以整体的笔法，但难免要逐步展开，层层递进，最终导致割裂感。诗歌既有比喻、象征、隐喻等手法去除这个弊端，又可一词多义，一语双关，隐隐约约，朦朦胧胧，给读者留下想象的空间，这也是现代西方哲学语言转向的原因之一，也是史诗得以流传、后现代史学提倡诗性史学的原因之一。

　　在我看来，哲学、历史学、诗学都等于生命，大概没有人会反对。诗即生命，也就没有人不同意。诗的本质，即诗人生命的自我展开。江双乐的诗，就是江双乐个人生命的展开，是江双乐对生命意义的追问，这种追问，既是哲学的，也是历史学的，更是诗学的。这本诗集，就是江双乐的生命状态。

江双乐的职业是医生，他的追问肯定与生命的状态特别是病态有关。这种病态，显然不是医学意义上的病态。他把手搭在时代的脉搏上，要给时代开一剂药方。在他的这本诗集中，充满了中草药的气息、手术刀的微光。在《8月19日——写给首个中国医师节》一诗中，可以看出他的独特视域：

翻着《黄帝内经》和《伤寒论》

手术刀和望闻问切

在朝阳的啼哭和如血的残阳里

亲切交谈

温柔的手术刀，锋利地望闻问切

填满了8月19日所有的缝隙

和从深水区折射的目光

在我们的生命历程中，免不了要进几次医院。一般人进医院，都心怀畏惧，有一种左右不了自己的感觉。在《医院》中，江双乐写道：手术刀，麻利地切开／无影灯制造的恐惧。在《雪白》中，他写道：我的肺腑吸入了太多的雾霾／黑色的破碎蠢蠢欲动。在《咳》中写道：咳嗽的冲动在烈日下／已经蛰伏了一个季节。在救治病人的过程中，江双乐成了一个救赎者，时间一久，也成了一个自我救赎的人。

人的救赎，最终是灵魂的皈依。用海德格尔的话来说，即"在家"的状态。人的一生，既有《伊利亚特》的精神远征，又有《奥德赛》的精神回归。回归与远征的路途同样遥远，同样要跨过千山万水，艰辛不易。有人认为"外面的世界很精彩"，重视远征，叫"打天下"，但不讲灵魂的回归。《三国演义》自不必说，《西游记》就是一部精神远征作品，师徒几个取到经文之后，回归篇就成了蛇尾。《水浒传》也是如此，最精彩的就是各路好汉被迫离家的过程，林冲也好、武松也好、宋江也罢，待他们在梁山聚会时，文笔则失去了光彩。几大名著，只有《红楼梦》是个例外，描写的是"在家"状态，除了后四十回的争议外，这也是红学兴盛的重要原因。生命要远征，肯定少不了飘忽不定，既然"在家"是一个理想状态，这就引出一个坎坷"归家"的命题，诗人江双乐敏锐地观察到了这一点。

在《异乡的烟》中，江双乐写道：在异乡，点着了一支烟／一条孤寂的线／摇摇晃晃，出了窗子的边缘。在《远离》中，他写道：我是这个城市的陌生人／现在坐在这幢大楼的21层……我收回被江水带远的目光／和低处的无数个闪烁的车灯交流。在《孤独的荒地》中写道：你赤脚踩在儿时的土里／你想到了爷爷和父亲／你越干越有劲。在《对视夕阳》中写道：直到一枚弯月／点亮路灯，回家的路才不会黑。

关于生命的返程与自我认知，江双乐干脆写了一首《回家》的诗，直接表达"一辈子，不停地回家、离别"这种精神的苦楚。节略如下：

故乡安放不下肉身

他乡无法寄存灵魂

一辈子，不停地回家、离别

回家总是在体内醒着

睁眼数着满天的繁星

一声乳名捧住沉寂的泥土

离别的锋芒突然在栅栏外

戳破枫树的泪滴

一辈子都在回家

一辈子都在离别

一辈子，都在回家，回家

"非本真"状态，是当代人的典型特征，人们生活在"常人"之中，在大部分时间里迷失了自己。"哪里有危险，哪里就有拯救"。诗人，既然是诗人，就能在理想与现实的对撞中，回归到"本真"状态，像"一只自由歌唱的燕子"，达到荷尔德林式的"诗意栖居"。在《晴雪》中，江双乐写道：老郎中须髯皆白／望闻问切，见怪不怪。在《冬日的阳光》中，他写道：午后，我坐在阳台上／读意象派诗选。在《流水带不走沉潜的星光》中写道：把《黄帝内经》和诗集一起刻在墓碑上。在《噪音》中写道：好在，望闻问切之后／故乡菜籽湖，纯洁的候鸟/水淋淋的叫声，在不断地长大。在《这样的生活》中，他写道：《黄帝内经》的阴阳五行／在泰戈尔《生如夏花》的王国里获得新生／朋友的诗集已经读了一半／我的长诗，正在寻找最能打动人心的诗意／开出我的《经典药方》。

我把最能体现江双乐生命状态与生活方式的《挂在阳台上》中的一句，作为结尾：

诗挂在阳台上

有风进出，摆动。

我是诗歌习作者，没写过诗评。不当之处，敬请江兄与各位诗友校正。

曹大臣（南京大学教授、博士生导师）
二〇一八年十二月二十五日于南京大学

目 录

辑一　白色之恋

辑二　青色回忆

目 录

辑三　黑色之纯

辑四　红色狂想

辑五　黄色原野

辑一 白色之恋

8月19日

——写给首个中国医师节

五月初五的粽子

孤独的龙舟

八月十五，月饼里有

月光般的菜籽湖

春节，红红的对联贴在门的两旁

前些年

午夜十二点，我会放长长的炮仗

无数个 8 月 19 日

鸟鸣划过蓝天

蚯蚓爬过草地

残存的几朵荷花喋喋不休

饰了三五朱鹮的翅膀

阳光均匀地抚过城乡的每一寸

平平淡淡

今年的 8 月 19 日
开成了窗外的太阳花
鲜艳的红，红得鲜艳
8 月 19 日挂着听诊器，穿着白大褂
翻着《黄帝内经》和《伤寒论》
手术刀和望闻问切
在朝阳的啼哭和如血的残阳里
亲切交谈
温柔的手术刀，锋利地望闻问切
填满了 8 月 19 日所有的缝隙
和从深水区折射的目光

绿树成荫，怪石嶙峋
小溪流出深厚的大山
光滑的鹅卵石一路铺垫
跌宕的行程终会通达蔚蓝色的海洋
请记住，岸边的那座灯塔！

2018 年 8 月 18 日

白　露

作战地图很明了
南风渐次退却
北风步步推进
偶有顽堡在烈日的鼓噪之下
吐着火焰
可经不住一枚枚落叶
狠狠地砸向地面

茫茫的天地之间
充满着悲伤之泪
也充满着欢喜之泪
悲喜交加在半空中作雾状
这北来的鸿雁和归去的玄鸟
只是不知道，哪里的炊烟
才是它们真正的乡音

小草未黄

小草已老

这晨曦中的小草每天都伸出手

掂量这神秘的金属般的白露

到底有几斤几两

2018 年 9 月 4 日

沉闷的雨

心事重重的雨滴
歪歪斜斜
嘴里咕咕哝哝
拍打着肩膀
发出急促的声音
赶着耕田的老牛

树看得多了
没有心情去思考每一个敏感的词
听着听着开始频繁地摇头
表示自己的反对
不是那么可有可无

远处的人在雨里
伞掩埋在原始森林的夜里
驱赶猛虎

如鲠在喉
痛楚的眼神流淌在车窗玻璃上
希望能划出一个锋利的边缘
给沉闷的雨滴一点鲜艳的颜色

2018 年 5 月 22 日

初冬的第一个眼神

寒风中
初冬甩出第一个眼神
风雨交加
一片哗然

夜色是最好的掩护
鳄鱼的泪横飞
枯叶扯断了最后的念想
铺满小径，匍匐在地
贪婪地倾听大地
最初的心跳

逐渐伟岸的冬
眼神总是扫荡太阳的温暖
发酵正在扩张的势力范围
一个个自然的版图体系

草枯了，叶落了，河水即将结冰
锋芒毕露
我紧闭书房的门窗
让书挤在一起取暖
让诗歌围拢住滚热的茶香
我和妈妈通电话
我用厚厚的衣物包裹自己
复杂的肉体和简单的灵魂
我怕冻伤
窗外光秃秃的枝丫

2017 年 11 月 19 日

湖心岛

低于你的

向你倾诉

窃窃私语，长腔短调

拉拉你的手，整整你的衣物

弹掉你衣服上的灰尘

鱼儿游动

神仙一样的环绕

高于你的

向你瞩目

透视你，了解你，靠近你

太阳爱你

月亮星星爱你

天空慈祥，白色的鸟

成双成对，扇动着橙色的风

帆船在你的身边

村庄在你的四周

乡亲们的视线

打量着你，物色一个

门当户对的上门女婿

对得起——这袅袅娜娜的

一湖清秀的水

帆船不在了

村庄也会不在

那个拈着胡须，望闻问切的

老中医不在了

而你在，生儿育女

提供着天南海北的乡音

让朱鹮告诉他们

曾经那么好听的乳名

2018 年 6 月 24 日

｜今天霜降

大幕再一次拉开

掌声雷动

最后一个压轴节目——舞蹈

最后几片叶子

经典的轨迹

沉重于静的浩大

薄凉从耳朵沁入骨髓

体制的动员

血依然是红的

滴在自然伦理张开的翅膀上

洁白的羽毛

想飞出涅槃重生的姿态

拍打着地球

摇晃尘埃之上的蚂蚁

同情即将断气的鸣蝉

一杯老酒下肚

两行清泪洒天

向后一鞠躬
向前一鞠躬
谢幕

2017 年 10 月 23 日

静　雪

我的窗户

朝向光明

玻璃上的灰尘和黑暗

总是在黎明的时分

被闪耀的星星擦拭

门前的河流

友好地暗示季节

春天的花朵

夏天的雨水

秋天的金黄

冬天的雪花

我的心很透明

透明得一尘不染

整个世界都站得笔直

平视远方的远方

爱情的故事已经开头

情节和细节都会渐次展开

掷铁饼者的力度

崇拜树的枯枝

在轻扬的雪里

系住了空洞的灵魂

漂泊才有意义

一切的道路承接上苍的教诲

天真而稚嫩地袒露

静静地舒展儿时的记忆

我的窗户向雪花开放

身体正在洗尽雾霾

没有呻吟着揭去厚厚的痂

悄悄地进入

这白色而纯洁的体制

有白色的鸟鸣

这般的轻，这般的静

像妈妈的摇篮曲

2018 年 1 月 24 日

立　秋

夏的屋檐下

结满蜘蛛网

蜘蛛晒得很黑

在火烧的晚霞里

拼命地爬

背景的变化

暑气有些胆寒

总有丰盛的晚餐

在镜子的里面沉默

在镜子的外面浮想

最后的代表，无上荣光

经典的遣词造句

无法拦住洪水

生命，已经被汗水

淹去了一截

一枚枯叶

把秋立在季节的路口
我最关心的是，蚂蚁
忙忙碌碌中会不会迷路

2017 年 8 月 7 日

晴 雪

天空坐在阳台上
懒洋洋地晒着太阳
嗅着蜡梅的香
茶杯里的几片绿茶
长成了眼前的植物
静得要咳出声来

外面的雪依旧留恋
鸟鸣、炊烟和恋人重叠的
脚印。屋顶上的雪
幸福于远离地面
偶尔的泪滴在低处圆满
风吹去了雪人的眼睛和鼻子
雪白的思想
在一日比一日更贴近春天的
阳光里，日渐贫乏

天空坐在阳台上
一切都在预料中
老郎中须髯皆白
望闻问切，见怪不怪

2018 年 2 月 3 日

秋水帖

瘦了

也可以说苗条了

月圆之夜

从故乡传来消息

摇桨的涟漪

直往心里去

几朵温馨，皱开了

浩大的湖面

白头鹤，白鹭，东方白鹳

一起舞，连成炊烟一片

微风细浪，蓝天伸展

弯曲的渔火

还原为高挑的路灯

街舞为明天的太阳铺垫

一枚落叶的执着和悠闲

起起伏伏，搅动着秋天的鱼汛

最好的阳光

秋阳是美丽的鱼饵
我立在水边
平心静气，钓起了属于我的
大面积的秋天

2017 年 10 月 28 日

秋天的天

最近经常失眠
因为老惦记着秋天

一季的汗水
已经将天空漂白
走远的惊雷，大概是
秋风秋雨的最后威胁

一枚枯叶
立在季节的路口
指挥南来北往的车。车上的人
讲着秋日的私语
和画在车窗上的秋天的天
不谋而合

2017 年 8 月 17 日

秋 雨

秋，悬在空中
夕阳缓缓释放着自己的红
季节的路口，叶子很威严
不动声色，把心思看透
交警在国徽下指挥交通
挥动着手臂，不言语
目光照耀四季
汽车各走各的道
该停的停，该行的行
搀扶盲人过马路
这本身就是一种成熟

秋，喜极而泣
打湿了树上的叶子
很多悄悄话
关于打开紧闭的门窗

关于窗外的银杏和香樟
暑气在一枚落叶的呵斥下
很不情愿地消融在雨里
坑坑洼洼的路上
便留下了积水，映出了虫子
平和的声音，在清凉的山风里
尽享断断续续的荷香

2017 年 8 月 13 日

秋 远

烈日的刺刀虎视眈眈
刺刀逼视下的头颅
低成一个季节的心事

眼睛的近视在尘埃上
落幕于浓密的树丛里
寻求安慰
风裹着巧克力
一条蛇在夜晚沉醉，姿态优美
星星很明亮
萤火虫聚成皎洁的月亮
故事就在眼前，蝉鸣就在耳边

不是耳鼻喉科的病
眼科的疾患也不确切
秋天的几片叶子，擦亮了镜片

眼睛可以尽情地呼吸
白云蓝天，蓝天白云

天，原来如此高
我立在高楼之上
向天伸手，表示友好
天，原来如此远
我发自丹田的声音
无法抵达地平线
天，原来如此清晰
把我情绪上的一枚唇印
透视得明明白白

2017 年 8 月 25 日

雪　白

这种平静的白

叩拜在朝圣的路上

无声地蔓延

悄悄地侵入你的眼帘

你的灵魂

你的可怕的肺腑

我的灵魂里有太多的碎片

相互碾压

我的肺腑吸入了太多的雾霾

黑色的破碎蠢蠢欲动

这种平静的白

没有激昂澎湃

微笑着从高处摁住了

所有尖锐的屋顶

高傲的铁塔

颤巍巍的小草

卑微的蚂蚁

还有肮脏的尘埃

这个世界用同一个姿势

在书写。没有朗诵

没有气势凌人

优雅地孕育稚嫩的文字

并重新组合

这种平静的白

有甚于我身上的白

在一片平整的白里

我轻轻地展开白大褂

我看到了污渍和发黑的血迹

我的情感起毛，理性洒落一地

我用双手捧起雪的白

将我的白大褂深深地掩埋

阳光里满满的期待

2018 年 1 月 26 日夜

雪还在下

雪的静

雪的白

雪一直在高处

往低处检阅

一切的高大和锐利

都要在这样的秩序里

被简约地安排，不许张扬

我的远方

依然有好看的雪

轻轻地飘在互联网

故乡的大枫树连着

美国的北卡罗来纳州

我的诗章

流淌温暖

每一个汉字都和雪花一样

激情而散漫

每一朵雪花都是一个灵魂

高处的啼哭

不堪的拥挤摩擦

平静地落地

阳光里安详地归于尘土

一切皆可赞美

把诅咒交给万世的花草树木

对于 2018 年的这场雪

我封存余下的诗意

我想和她谈谈哲学的度

我有 2008 年的照片

雪还在下

2018 年 1 月 27 日

雪　后

这个时候

宁静的热闹之后

虔诚的祝福总会在

大自然的恩赐里

擦亮每个人的心情

我是一个医生

白大褂是我给世界的最好馈赠

在纯洁和大爱面前

我以《黄帝内经》的名义

给大地穿上白大褂

给山川河流穿上

给四通八达的道路穿上

我授予他们医生的称号

面对葡萄球菌

面对感冒病毒

面对庄稼的病虫害

雾霾肯定是最棘手的疑难杂症

这浩大的队伍
这渊博的学识
这白大褂里裹着白色的手术刀
闪光的银针
每年都有恪守伦理的大会诊
妙手回春，春暖花开
把健康送给祖国和人民

2018 年 1 月 5 日

雪　帖

我以为这是弹钢琴

彩色的迎宾曲，寂静

耳朵里没有灌满音乐

内心恰好的节奏流淌

下一场大雪吧

奇妙的灵感便纷纷扬扬

透过窗户温暖的灯光

倔强的枝丫有所指

路灯下，两张椅子靠拢

安静温暖

在雪花间传递眼神

鸟儿飞过

内心一片欣喜

脚印一行行的写意

诗歌可否不要标点

在长夜里

一直尽情地铺垫

2018 年 1 月 6 日

医　院

这里的舞蹈很难看

铁制的道具上

长出了美丽的花

在洁白的雪地里

有节制地开放

白，成了舞台的主色调

背景里，总有听诊器的涛声

从舞台上飘过

湛蓝的海水里，不排除暗礁

和暗礁滋生的鱼类相互残杀

手术刀，麻利地切开

无影灯制造的恐惧

朝阳喷薄而出，把鲜红的血

涂在白色的背景里

涂满了双人舞

舞台上的阳光，已分不清

谁是主角，谁是配角

2017 年 9 月 13 日

| 雨　季

太阳把大地晒得滚烫
久违的立秋还是不开笑脸
一如既往地唱着大戏
嘈杂的掌声一直盖过了小草的头顶

顺着长江，这本来是一条
从小就走的路
日新月异的变化
高速高铁高楼大厦
指南针可能踏入了陷阱

鸣蝉已经喊破嗓子
没有料到今年的好戏多
连唱了四十多场
所有的事物热情不减
他还得唱

这近40℃的高温
有点超出了他的计划

他曾经唱衰过连续的雨
他曾经诅咒过阴暗的天
他还耿耿于怀于不打招呼的电闪雷鸣
这次他那透明而骄傲的翅膀
怎么也扇不出一丝凉风
他很怀念过世已久的雨季
他要忏悔他的罪过，可能是他唱出的陷阱

2018 年 8 月 9 日

在雨中

一切事物都是模糊的
一如梦境中的依稀可辨
汪洋大海中的一条船
孤寂地飘摇
我书房里的灯光昏黄
成了唯一可以依靠的航标
那么多孤寂的名字
永远不能相互进入
只能紧密地拥挤在一起
听不见彼此的心跳

雨滴鞭打世界
浩大的呻吟，在电闪雷鸣中
冲刷道路，冲洗灵魂
楼上的钢琴声，楼下小狗的叫声
还有下午这个撕心裂肺的电锯声

全部被眼前巨大的胳膊抡起
扔进莲藕通往宇宙的黑洞

我把双手伸进雨中
平和地接纳
清凉和干净随着血管和神经
进入了我的心灵
愉快地交流，欢喜
书房里有许多这样
下雨的灵魂

2018 年 7 月 21 日

这个上午

哈欠，不间断的秋雨
催开了盛世的莲花
鼾声在莲叶上结成珠子
单调地来回滚动
缸里盛不下的汉字
没有诗意，在顽强地抵抗
一个壮年汉子开启的窗帘
告别绿茶
在红茶里寻找经典
睁眼，微弱的光
阳台贴着秋雨
袅袅娜娜的急切
越过登高的铁树
扭曲的叶片
风在书房里搅动
写不出来的诗

翻别人的诗集

凉意不停地晃

眼睛发花，发胀，蒙眬

看《经典药方》

梁小斌为我的诗集题写的书名

我闭起眼睛回想

那种发自骨头里的安静

把一切浮华和喧嚣罩住

不露一点缝隙

深夜古寺里的钟声

悠扬地远去

秋雨在安静地下

楼上的钢琴声如水

秋雨在接近中午时分

快速地敲击键盘

2017 年 9 月 24 日

这样的花

才懂事的时候

真的没有

认真地看过你

虽然你也是一朵花

怪你多情，说不出口

小区，单位，公园小径

潜伏的影子，和一万个媚眼

没有口红，呆板

没有更多的亲戚

语言生硬而复杂

常躲在叶子下面自语

想着自己奇怪的心事

和雨交谈

有坏笑的鸟鸣，深入骨髓

挡寒风的墙

生命周期太短

头破血流

总是在这样的季节

坚守与月亮的诺言

选择不同的场景

把所有的镁光灯

突然打在若有所思的脚步上

深呼吸，紧张

我才好好地看看你

一种颜色在细碎里

无法炒作未来

蜜蜂和蝴蝶遁迹

眼睛好涩

花枝招展下的垂泪

无法相信大海

有一个飞天一样的窈窕

深刻的嗅觉和我的灵魂

已达成默契

成年以后

我总是带着少许的乡音

在季节的皮肤里，寻找你

2017 年 10 月 6 日

中秋节

中秋夜，斜风细雨
没有圆月
月亮藏在月饼里
我陪父母看中秋晚会

八十岁的父亲
听力严重下降
视力很好
睁大眼睛看

七十五岁的母亲
视神经萎缩还有白内障
听力很好
闭着眼睛看

父亲看得认真

母亲听得仔细
父亲向母亲解说画面
母亲向父亲说上几句歌词

父亲成了母亲的眼睛
母亲成了父亲的耳朵

2017 年 10 月 6 日

白露后蝉鸣

昨日白露
我已蘸露写诗一首
今日下午五点
太阳花低首于西斜的
软绵绵的阳光
黄昏正轻步走来
一切都很有章法
就此这么办，这么办——

一只蝉就在窗外
香樟、榆树、合欢上
拼命地扯着嗓子
冬天里的火把
在旷野里毫无意义地晃动
干吗不逃走
不入地为蛹

是误入歧途
还是负隅顽抗
我很为之悲切为之凄凉
远处的金戈铁马
近处的落叶已纷纷逃离
枝头，入地为安

我推开纱窗，探出头
惊飞了这只蝉

2018 年 9 月 9 日

北风那个吹

风吹阳光，雪地上

折叠迂回

不停地握手

不停地寒暄

不停地打听着远方的客人

不停地宣讲古老而又崭新的思想

雪白的鸟鸣

把阳光送进窗户

麻雀用阳光造句

用残雪标点

风是很好的修辞

我的书房叽叽喳喳

阳台上海棠正红

书房太小，世界太大

唯有书香和绿色

天寒地冻和阳光交谈

门窗紧闭，香樟

摇晃安静

谁出卖这个季节

北方来的风

吸尘器大口呼吸

干净的舞台，百花渐次出场

2018 年 2 月 3 日

冬天的语言

冬天的语言很简洁
没有复杂的情节和细节
抑或情节和细节
藏在白雪之下
尘埃之中，等待绿芽

冬天的语言是斧砍的
离天很近，参差不齐
枯树桩很强的节奏感
伸向远方的站台
点燃一对恋人热切的目光

冬天的语言是偶尔的鸟鸣
从一个枝丫踱到另一个枝丫
寒冷中，深刻的思想
钢琴和电锯混杂雾霾

几只鸟儿同时扇起了翅膀

冬天的语言包裹
甜蜜的内心，厚厚的外套
无声中裸露的形体
认真地写着一笔一画
窗户的缝隙
总是钻进寒冷的风
把鲜活的汉字冻成雪花
大自然一个全面而诗意的表达

2018 年 1 月 7 日

救护车

夜深，阳台很静
手上夹着的烟
在风中一明一灭
细看，还真有不少夜猫子
在抽烟
拿出手机摇一摇
微信里跳出了很多张脸
其实和星空一样遥远

倏地，救护车的声音
从天上砸到地面
夜的静谧被砸了一个坑
再归于静的时候
扔掉了烟
星星也不见了
空中有无数条蚯蚓在游动

扭动着透明的灵魂

一条能扭动的线段

不断地消失，又不断地重现

救护车声音再次响起

警灯模仿太阳和月亮，不停地划着圈

细碎的线段自动排列

有序地联结

一条线段在不断地延续伸展

和每一颗星星相接

2017 年 9 月 13 日

| 咳

秋天的雨

充满我的胸腔

冲刷乌黑的肺

咳嗽的冲动在烈日下

已经蛰伏了一个季节

养得头肥耳大

闪电的火花，烙出了

支气管的经典图案

千百条小径

有蚂蚁频繁地搬家

一声炸雷

胸腔剧烈地起伏

我咳出了

一片叶子精致的枯黄

2017 年 9 月 20 日

拉锯战

两只鸟儿激烈地争吵
这夏秋的拉锯战
风过处，梧桐叶纷纷落下
稀疏处，已藏不住鸟鸣的针脚
扫叶人一遍一遍地扫
早雾散淡
尽可以在半黄半绿的山水间
模棱两可

太阳拼命地烤着凉风
太阳花很倔强
栾树的头顶晃过夏天
鹅黄色的缨子给上举的目光
一两个恍惚的瞬间
落下的细碎
贴着发烫的路面

行人的步子踩在硬不起来的
阳光上，葬花

早上我穿了件汗衫
中午时分我打起了赤膊

2018 年 9 月 16 日

| 秋　歌

我的视线

躬身，用下压的姿势

平复热烈的掌声

优雅地

请秋风平静

会场内鸦雀无声

波浪的喘息

趴在岸边，气若游丝

寒蝉之声，有气无力

已无法唤回高铁上前行的同事

美丽的风景，风驰电掣

岁月的高音部越来越远

叶子有浩大的同情

泪水模糊了蓝天白云

直至沉淀为汉字精确的册封

语言的温热

像焰火一样放飞

自然伦理，不缺少引力波

视线的上层机制

落一场秋雨

透入地心

和太阳的研讨会开幕

婴儿的啼哭

你，需要匍匐在地

屏住呼吸，侧耳细听

2017 年 10 月 21 日

秋声无涯

这里本来是夏日的战场
厮杀声此起彼伏
一场秋雨挥舞着
从西伯利亚借来的大砍刀
杀向地面上蹿动已久的火苗

一枚枯叶
划过星光
轻松地落在我的眼前
远方的雷声滚滚
那是叶子在庄严地
做一个集体的告别

秋夜
虫子的声音小了
千万只的欢呼

但声调极其平稳

压缩在一个徽派色调

恰好的巷道

移动的步子很碎

手中的水不起波纹

整个秋天的曲调

就由这些个精灵

从隐秘处徐徐开启

屏声静气，你听……

2018 年 8 月 26 日

秋香图

秋天的早晨

一位画家在写生

太阳是静穆的

树木草丛是宁静的

湖面上升着袅袅的霭气

唯有公园里做俯卧撑的人

上下起伏

粗重的呼吸

在这个早晨显得浓墨重彩

凉风透过疏桐的间隙

在开阔地带聚集

托举起秋天应有的高度

四周的虫子应招而至

神秘的力量不可知

轻声细语

已有了君子应有的风度

与之相匹配的
只有散淡的落叶
似乎看破红尘
惊扰了一个专心的观蚁人

2018 年 9 月 8 日

桂　香

小桥流水
灯火阑珊
丛林掩映无数只收拢的翅膀
半睁半闭的眼睛
蓄满刚刚采集的橙色的晚霞
桂香的清流趁机释放
漫山遍野恣意地流淌
淹没了所有的高谈阔论
不怀好意的阴影
路边的舞曲
叽叽的秋虫

几枚黄叶落得很安详
身下托着桂香软绵的手掌
网上的蜘蛛停止了游动
辨不清这浩大的力量

为什么来得如此安静

我的肺张得很大

我一直想说话，但张不开嘴

弯弯的月儿

挂在树梢上

贪婪于桂花的香

拿出了自己全部的白和所有的光

2018 年 10 月 11 日

辑二 青色回忆

察看风的心情

家人出门和春天对话
我把春天请进书房
一杯茶，一台电脑
我把诗写进每一束阳光

闭上眼躺进春天的怀抱
一波波潮汐
涌来风和日丽
阳台上的花草
把平和站成风景
玻璃依旧封存着阳光
安抚这几日的降温
树头摇动
这个季节的眼神，绿了
四面八方的鸟鸣，挤进
我远方的宁静

有一阵鸟鸣，儿时的声音
一直在大声地说着我熟悉的方言
叫着我的乳名

突然，树摇晃得厉害
我起身到阳台察看风的心情

2018 年 4 月 6 日

你该慢些来

那几日春天酗了酒

站在了夏的边缘

男的短袖T恤

女的短裙

过完了冬天就是夏天

脱了棉袄就是衬衫

酒精过于膨胀，字字写在脸上

这几日清明雨

淋湿追思的情绪

降温安排风雨和阳光讨价还价

脱掉的棉袄再穿上

友人说，杏花村遮风挡雨

一壶酒能从古喝到今

酒能放慢春天的节奏

湿漉漉的花絮

不再是偷懒的由头

唉，上邪！
真正的春天到了
冬天尚未走远
夏天，你该慢些来
切莫让桃花迷了眼，乱了怀

2018 年 4 月 6 日

清明雨

植物渐次茂盛
阳光渐次稠密
行人远足
雨水增多
渐绿的大地到处流淌着生命的哲学

太多的燃烧难以言表
灰色的背景
总有一种鸟鸣
在春天里识谱
找到合适的降调而低沉
遍野袅娜的花香
渗进雨水的分量
押住轻扬的季节，填在
古人的定格
沉甸甸黑压压的气象

沉甸甸的雨水天上来

黑压压的信息

纷纷对照世间的万事万物

格一格祖宗的基因

栖身于一座座坟茔

一座座墓碑

顽强地抵抗雨水的侵蚀

交给你一个完整的姓氏

雨后天晴

阳光一遍一遍地启示众生：

清明雨带来的和带去的……

2018 年 4 月 4 日

归　鸟

汗水

窄窄的小河

万家灯火

车水马龙

强劲的广场舞

推倒厚厚的蛙声

飞过河

落地生根

小草微风

桥，亮在夜色里

长出自己的音乐细胞

在众人的节奏里弹跳

行人健步

路灯安静

垂丝海棠正红

渐稀的鸟鸣

约走了蝴蝶蜜蜂

影影绰绰的雕塑

没有了鸟鸣

更加隐晦难懂

2018 年 3 月 27 日

春天花会开

我在你的窗下
只有你在温暖的天气
开窗低头时
才能看到我

我很矮
枝条粗壮
很多人从我的身边经过
不拿正眼看我
我很自卑很落寞
小区里的香樟、银杏和合欢
亭亭玉立
风起时婀娜多姿
总是和人们眉来眼去
鸟鸣在远处的高枝上
荡来荡去

我多次盛情地邀请
没有一支歌
我的心凉成了白雪皑皑的天
想就此落叶就此孤寂地老去

去年你们一家搬进了新居
今年三月的某一天
你女儿打开窗户
兴奋地叫着：爸爸，快来看，多么好看的花！

我流泪了，比春雨还长
我每年都要好好地开花
为你的女儿，为你们

2018 年 4 月 2 日

谷　雨

民以食为天
天在雨水里觅食

春雷说，芝麻开门
土地深情地亲吻雨水
百花盛筵之后
鸟鸣走向更广阔的田野

浮萍找到了失散多年的亲人
布谷鸟宣读神农氏的旨意
在紫红色的默许之后
得胜鸟举起了高脚酒杯
向天地敬酒
唱一曲祭祀之歌

天下雨，无私无畏

这是她所有的财富
能够给予你的
天已经空了
微风就能飘得很高
高出来的空间让给谷物
大地开始茂盛生长
阳光将长满天空

2018 年 4 月 21 日

空山新雨

山峦幽静
让人有惶惑的眩意
轻飘飘地欲飞
骤然而至的急雨
打在伞上稀释了我
恍恍惚惚的梦境

这个亦雨亦晴的天气
和刚刚出水的
鲜藕般的医师节
有些纠缠不清
我选择这样的天气
看山中的浮烟
看阳光下的雨滴
是如何能够飘移大陆

雨前，按照计划

我邀请众路神仙

站满了山中的空地

山间的水库

树与树之间，草与草之间

石头的缝隙，虫鸣鸟叫的缝隙

还有那几堆残存的孤坟

爬出蚂蚁的洞穴……

我如此地嚣张

如此地出卖色相

雨前我有了广阔的领地

现在，雨从四面八方

打在我的伞上

湿漉漉的我缩在伞下

放慢了步伐

2018 年 8 月 19 日

｜蓝　天

深山碧翠处
泉水叮咚
顺着山势薄薄地流下
鹅卵石规则地排列
羞涩着树影的婆娑
和一万只虫鸣

风静止了
树静止了
山静止了
水也静止了
屏住呼吸，仰着脖子
听天空述说

一只野鸭在水面游动
我举起了相机

野鸭猛地扎进了蓝天

蓝天微微颤动

没有一朵云

我很担心，野鸭会找不到北

2018 年 7 月 14 日

美丽的月见草

清晨，朝阳开满山坡
漫山遍野的好心情
蜜蜂和蝴蝶一起万紫千红
为美丽的春天送行
一条小径正从夏天伸展过来
爆炸的气浪翻滚
这边有拥挤的人群

杜鹃讲述的故事
已经过了高潮部分
有些听众还在强打精神
有些听众已经耷拉下脑袋
月见草的情节更动人
细密的呢喃从低矮处
顺着季节的阶梯
覆盖高处的思想

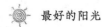

一定在和太阳讨价还价

鸟鸣告别春天的束缚
到处张扬，随处起降
碰得鼻青脸肿
只有阳台通着书房
有很好的涵养
一年四季
都要打开窗户
一样的通风透光

2018 年 4 月 29 日

你的眼神

总是在星空里寻找

那双眼睛

天空的蓝被掠夺

已很少这样无畏地呈现裸质

为了心爱的人牵一次手

雾霾的身影

总是在零散的灯火里

做着上个世纪的梦

这样的蓝只能高于天空

或者低于尘埃

才能侥幸存活

铺开时间简史

两只手一寸一寸地

掐算山河

何为星星之火

合适的蓝，蓝得入心入肺

摁住了湖面所有的细纹

一切的记忆变得如此多余

一棵树站得很开心

众多的树笑脸相迎

雷声响过之后

绿芽已经鼓满

春天的眼神

2018 年 3 月 18 日

三叶草

我偶尔咳嗽

和鸟鸣和平相处

天边的云

正在一点一点地剪辑夕阳

阳台上的花草模仿窗外的香樟

保持同样的姿势

年纪轻轻，故作老成

静默，无线电屏住呼吸

认真听取傍晚的时光

报告远处的流水

穿透马路的噪音和隔离带

准确地避开小区里同样的楼房

潜入这幢这层我安静的书房

与三叶草相遇

优雅的花……

2018 年 4 月 22 日

升金湖的早晨

远处的天空

一个哈欠

慢慢撑开了一个少女的早晨

不施粉黛

薄纱滤出怯生生的阳光

在近处流连

一座座连绵的山

满怀欢喜

山色里剥出了一片浓墨重彩的树林

微风里，绿叶翻动

树林里飞出成千上万的鸟

在升金湖的上空

在我的眼前

争抢水灵灵的早晨

2018 年 5 月 27 日

四月天

阳光的笑脸

总是在轻轻地摩挲树梢的嫩芽

涟漪漾开来

微风细浪

絮絮叨叨着风和雨的故事

春天的细节

老母亲的白发

蓝天下一朵慈祥的云

鸟鸣坚持通透

敲键盘的手

弹钢琴，春天的节奏

新茶温柔

青花瓷深度旗袍秀

阳光里浮动满畈的绿

2018 年 4 月 7 日

梧桐树

盛夏，林荫

绿色的伞下

梧桐脱掉衣装

有的挂在树上

有的掉在地上

露出的肌肤白而光滑

出浴的少妇

媚眼于四周起哄的虫叫和鸟鸣

我跑步，追赶着太阳和流水

热，大汗

我脱掉汗衫

露出了粗黑的皮肤

和挂满汗珠的胸膛

林荫中

少妇的目光温软

默默地看着我

在原地一动也不动

风从她吹向我

又从我吹向她

2018 年 6 月 23 日

采茶女的歌声给了我最后的成长

早年间，我心中有多余的阳光

不需要过多的温暖就能文字成行

常向同类或异类

商榷长大成熟和低调平凡

母亲把我置于荒郊野外

独自面对豺狼虎豹

一面向阳的坡上

离爷爷的墓碑很近

望闻问切依稀可闻

我有了独立的胆量和个性的思想

洁白的雪很冷

不死的骨头很硬

皈依山林，坚守初心

扯一条闪电，踩一声响雷

春雨唤醒了蜜蜂、蝴蝶、鸟鸣和蛙声

绿，大口地呼吸

肆无忌惮地蔓延

成片成片的一统

我走过的地方绿了又绿

绿进了好多人的心里，过目不忘

整齐的步伐蹚过小溪

阳光里

一样的表态众口一词

采茶女的歌声给了我最后的成长

火热水深

绿色的温度主宰浮沉

鸟鸣依旧

茶香和书香弥漫乾坤

青花瓷很贴切

线装书很经典

我始终舒展自如

最终归于平淡清风

2018 年 3 月 26 日

| 乘高铁

整个上午
我是水流
水里
有轻轻的音乐声、谈话声
还有鼾声
经常被火车冲锋
和轨道间的谈话
所打断
我只关注鼾声
正好合上了我写诗的节奏
鼾声戛然而止
我的意象停在了半空

2017 年 8 月 31 日

春节序曲

雪后的小溪流
水花中有无数个
幸福的眼睛
柔和平静的光
注视着黑色的沉默
枯草和树木
冻不住太阳的喜悦
天空被撑高了
鸟鸣驾着流云
安详的炊烟变幻姿势
为人民挥洒温暖的行书
轻轻地开出魏碑的花蕊
在瑞香里传递
蝴蝶兰的心情
一直从客厅蜿蜒至阳台
书香和绿色的清流

推窗而出

小区里的狗叫

红色的音调

从除夕的和声里脱颖而出

小溪流在哼唱

缓缓地

终于有了合适的高音部

完整的春节序曲

2018 年 2 月 15 日

春 雷

春雷滚过山岗落下河流
溅起冲天水花
涤荡所有的事物
清新的样子披上了经典的婚纱

好多人在酣睡
鼾声把夜的宁静磨得锃亮
风摇晃树叶
在一片魅影里
把好看的梦种在地下
地下的暗河，悬崖的鸟屎
被梦串通
一个个梦呓
在不苟言笑的神像面前
半躺半坐，半睁半闭着眼睛

这一鞭子抽得我

浑身发烫，睡意全无

骨骼轰隆隆地松动

一个懒腰

撑开了地表撑开了树皮

撑开了满天的繁星

此起彼伏，花开的声音

2018 年 3 月 5 日

春之声

梦里令人喜悦

黎明笑醒了

黑暗的底层

寂静像毛茸茸的雏鸟

扇动翅膀

飞不起来的幸福

血液里流淌着红色的细节

窗外的路灯

寒冷中点燃黑暗

残雪犹豫

黑暗一点点燃尽

白色的灰烬覆盖了死亡

对生命的眷念支撑起

无数个清晨的信仰

早起的鸟鸣

醒着的目光给了路灯温暖

照见了我绿色的血液

在冰雪之下

有哗哗的声响

2018 年 2 月 12 日

喝　彩

风扬起了长长的辫子
牵出了夜的玲珑
胸前的孩子展翅欲飞

前几日
一汪浅水
堆着厚厚的蛙鸣
今日大风
蛙鸣被吹跑了

岸边相隔不远
两支街舞正在肉搏
你一拳我一掌
所有的树手舞足蹈
叶子一片喝彩

2018 年 4 月 12 日

金色的鸟鸣

我一直以来怀有对鸟鸣的好感

我吆喝，千金难买

清晨鸟鸣穿透阳光

晶莹剔透

天籁般滴在伸懒腰的草叶上

我坚持不懈地打听她的住址

她现在的事业

她的衣着可否鲜艳

她飞来飞去的灵魂

她在阳光下的姿态

雷声曾经炫耀它的高度

闪电的刺刀找寻亲切的秘密

雪地有裹紧的身段

春雨里的湿润和饱满

在屋顶树梢抖落满天的星辰

阳光拼命地吮吸三月的天空

风筝的旗语
只有蝴蝶和蜜蜂诠释得最清楚

鸟鸣是儿时纯白的神鸟
衔来我稚嫩的心跳放进浩大的巢
无数的鸟鸣随着大枫树的叶子纷纷扬扬
像扁舟一样随着奶奶唤我的乳名
落入蛋清一样的菜子湖
扬帆远航
风声浪声太阳的声音
两岸青山
许多事物交出自己的至爱
《黄帝内经》给出一万种的煎熬
在岁月的琴谱上干净地滴成一个个音符
鸟儿歌唱
我们也应该歌唱

2018 年 3 月 10 日

锯开的声音

对面的楼里
传来电锯的声音、电钻的声音
敲敲打打的声音
对面的人家在装修
白露数着这往后的节日——
中秋、国庆、元旦和春节

木头被截断被锯开
飞溅的是血
叶子纷纷落下
流血也不算什么
反正疼过了
森林里打过滚
那时流的血太多
这点血已是干血，已是死血

只是你在锯的时候

有没有听到我体内

残存的鸟鸣和百兽

有没有听到我外婆

一直在喊我的乳名

外婆还住在原来那个地方

旁边有好听的小溪流

2018 年 9 月 9 日

落雨无声

这个时节
我想听听好雨的声音
是否甜美

断断续续的诗意
或远或近的新春祝福
水仙花和水一起平静

年轻的时候
雨落在雨棚上
轻重节奏
或欢喜，或忧伤

人到中年
自己成了雨棚
雨落在身上

没有一点声响

窗里窗外都很平和

2018 年 2 月 20 日

萌 动

一百只鸟的齐鸣

在体内拥挤

万箭齐发

枪炮齐鸣

喜马拉雅山冰川下的意志

憋得通红

薄薄的蝉翼

已经绷得很紧

稍一用劲

太阳就会挣脱云层

无畏的光芒

直逼厚厚的窗帘

黎明的一声咳嗽

抵达尘埃之下

一股绿色的泉流

光芒在黑暗里
寻找微弱的喘息

这是一种无可奈何的体制
雪在低温里和阳光缠绵
声音在喉咙里
回忆前世今生
猴子早已褪去尾巴
劳动得太久
钻木取火最终会烧红了西天
西天有一只大鸟
它的叫声很难听

2018 年 2 月 6 日

喃喃自语

房子与房子
说着话，站立着
保持距离
面无表情
只有夜幕降临
窗户里温暖的灯光
才有笑脸相迎

风与风之间
说着话，身子前倾
一路奔跑
喘着粗气
只有花前月下
停下奔跑的步伐
才有儿女情长

夜与夜之间

说着话，懒洋洋

隔着一条河

安静的目光

只有黎明的火花

燃烧遍地的黑

照亮干净的脸庞

我与我之间

说着话，无数个我

白天的我

夜晚的我

站着的我

坐着的我

清醒的我

梦中的我

我不发声

我只静静地说着话

我喜欢听我说的话

静静地

2018 年 2 月 21 日

鸟　鸣

鸟鸣总是在窗外

契合着我的灵魂

我用心地听

我经常感动

一

尖尖的鸟鸣

刺破冰雪

鹅黄色的声音在枝头颤动

风均匀地分布

赤橙黄绿青蓝紫

鸟鸣的颜色五彩缤纷

清晨紧紧地贴着窗户

成片地皴开阳光

大草原波光粼粼

四面八方的声音赶来

胸膛里涌出
蓝天白云青山绿水
蜜蜂轻轻地哼唱
与梦境相衔接

一粒鸟鸣落在地上
一万种声音在生长

二

长长的鸟鸣
膨胀阳光
通红突破厚厚的温度
荷花渐次开放
大枫树下光屁股的童年
钻进清凉的栅栏
爷爷胡子里的童谣
在一片荫凉里疯长
鸟鸣总是从深山里飘来
古寺幽远的钟声
树木花草的气息
成了烈日下劳作的汗滴
唯有蝉鸣每天爆炒太阳
夏日里天天盛宴大餐

一粒鸟鸣落在地上
一万种声音在壮大

三

圆圆的鸟鸣

酒里浸过

金色的声音弥漫着浩大的诱惑

一切事物向组织靠拢

沉甸甸的果实

纷纷从黄叶里探头

紫色的葡萄意味深长

丝毫不掩饰内心的赞赏

手舞足蹈的年龄已经过去

飘逸的风衣在少妇的身上

凸出一个季节的美丽

鸟巢里总有孩子们的稚声童语

碰杯的声音

为鸟鸣伴奏

一粒鸟鸣落在地上

一万种声音在辉煌

四

瘦瘦的鸟鸣

减去了过多的脂肪

智慧的简句落满渐白的头发

寒冷的天气不适宜

尽情地歌唱

炉火旁的诗词有些热

关紧门窗

坐下来读书修养

把最美的曲调

和冰雪一起煎熬

洁白的大幕拉开

千万次的排练

准确而精美地呈现

雪消融的声音

在为高潮铺垫

一粒鸟鸣落在地上

一万种声音在收藏

2018 年 3 月 24 日

闻　香

我患有严重的鼻炎
春天百花盛开的时候
我病情严重
分不清那位挺胸而过的少妇
用何种香水

每年中秋吃过月饼
我的鼻炎会不治而愈
我静心地打理自己，等待
甚或寻找那种因惊喜而心跳的感觉

在小区，在单位，在公园
被突如其来地
刺上一刀
立时的颤栗，没有血
直插心肺，深呼吸

大批萎靡的神经元
我贪婪
天底下的绝色美女
但我看不见她

2018 年 10 月 1 日

| 又闻蛙声

去年的蛙声已经入诗
已经在出版社
等待印刷成花的模样
装饰我的书橱
开在朋友们的书房

今年的蛙声
突破了对面的街舞
和汽车的喧嚣
这么早就向我涌来
昨夜零星的灯火
今天已是成片的光海
亲切的微笑
绕过水草和木桥
月光下带羞的花蕾
发芽的柳条在路灯里

恣意舞蹈

如潮的蛙声

吸进我的肺腑

吸入我的血脉

我知道，我慢慢呼出的

是一个个顽皮的小蝌蚪

2018 年 3 月 14 日

语　言

天蓝得无边
无法用脚步来丈量
但我出窍的灵魂
能到达世界的任何一个地方
定居，结婚生子，传宗接代

美国的纽约，日本的东京
埃及的开罗，法国的巴黎
都有我熟悉的描写
从唐人街起步
像潮汐一样漫过所有的道路和建筑物
尖顶教堂没有丝毫的抗拒

一滴水折射太阳的光辉
一块砖负有地球的重量
一片树林

绿色的摇摆

是风儿在传递

我滔滔不绝的爱的表白

高楼旁的吊车，伸向蓝天

每天都在搬动

有用的语言，掉落的

经常是标点符号

夕阳一样的浑圆

2018 年 7 月 20 日

走进蛙鸣

我踏着春天

走进蛙鸣

走进一片欢乐的海洋

唱歌，跳舞，深度油画

我站在蛙声里

五脏六腑都在深呼吸

我被蛙声高高地抛起

接近星星

我又被蛙声轻轻地放下

亲近灯火

我落在青青的草坡上

成了一个放牛娃

我落在浅浅的水面

成了一朵莲花

2018 年 4 月 8 日

醉春风

站在墨色的低处

一弯浅水依了今晚的月色

简洁的草丛

经过小木桥的铺垫

婉转而清秀

我轻松的脚步

伴着蛙鸣

静立在春风的庭院里

守口如瓶

春天的手掌把我托在手心

深呼吸，深呼吸

吸进的是蛙声

吐出的是星辰

蝌蚪在我的血脉里游动

千里之外的梦境

搓搓脸，擦擦门扉上的灰

蘸一把蛙鸣和着月色

反复地涂抹

补水嫩肤美颜

一张像极了春天的脸

神龟探头

和青蛙一起低矮

白鹤亮翅

和蛙鸣一起飞

2018 年 4 月 9 日

辑三　黑色之纯

初冬夜帖

落叶

在一柱柱路灯里

式微。袒露在

弯弯曲曲的小路上

简单干净的微笑

完成了自己终生的夙愿

曾经的风雨雷电

已经不需要铺陈

太多的细节

岸边的街舞

摇晃四季的风花雪月

旁边的草地、树、小河里的水

都成了礼尚往来的亲戚

此刻，舞曲的媚眼

穿越汽车的噪音和尾气

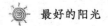

颤动水草，很轻的风
鱼儿旋转
舞者自由自在

2017 年 11 月 18 日

大寒之夜

大寒之夜很黑

一天的雾霾耗尽了

冬日太阳仅有的光热

傍晚的路灯，在漂浮的眼神里

已经筋疲力尽

黑，扩张得毫无顾忌

寒风里，低沉的歌唱

正在唤醒酣睡的浅绿

睁眼的声音

好听的旋律

旷野里响彻整齐的步伐

二十四个兄弟

手搀着手

走完春夏秋冬

年龄最小的弟弟，最老成

不苟言笑，灰布粗衣
用最简单的语言
打发着世上最难熬的一段时光
今夜，寒冷会在黑暗的掩护下
潜入你的肌肤
完成立春之前必修的功课

2018 年 1 月 20 日

冬日的阳光

午后，我坐在阳台上
读意象派诗选
冬日，有阳光的时候
这里就有鸟语花香
连着远方

阳台上的花草
没有阳光的时候
寒风，很落寞
颤颤栗栗地挤成一团
这里的伤心
最初的念想只能在这里
暗自低泣，合上眼帘
圆一个梦境

雪早已融化

最好的阳光

阳光的暖意带有了
春天的橙色
阳台庄重地舒展
铺垫需要衔接的意象
精致的红地毯
还有我在空调间里
桎梏已久的肉体
终于有了回心转意
阳光里传来浓浓的酒香

2018 年 1 月 14 日

冬日一瞥

蓝天拭净了湖面

没有一点污渍

我的视线扎着红头巾

和阳光一起在冬季的原野上铺垫

高楼、高速、高铁

总是以文化的面貌行礼

四季的风奔走相告

公园里有了更多的堆砌

汽车的尾气在雾霾面前

低三下四，交头接耳

车轮碾碎音乐

洒向路面的玫瑰少于纸钱冥币

路边刻意的花草蓬头垢面

青山的萧条总是在

最好的阳光

不苟言笑中抵御寒冷

我听到了满山的蝉鸣

烈日下的热气腾腾

铁的筋骨，墨色阳刚

水中的枯荷

在阳光下雕塑

勾勒出婴儿般的啼哭

清脆地穿透所有的幽暗

2017 年 12 月 17 日

风从北方来

立冬的令旗
刚刚举起
从北边来的风
迫不及待
推开了冬的大门

纷飞的落叶
枯黄的音符
带着秋热的遗言
在南飞的雁语里
继续赶路

从寒露到霜降到立冬
秋的过渡逐渐沉重
五行中的生克乘侮
秩序井然

寒冷在黑水里集结，成冰
风在雕刻雪花

让越来越冷的风
去侵略去占领
越来越多的黄叶枯枝
成泪，或悲或喜
垒起一座座光荣的墓碑
等待着一场大雪的掩埋，甄别

眼泪比河流复杂
有太多的物质和精神

2017 年 11 月 10 日

蓝

冬天冻僵的微笑

挂在树梢

明亮而优雅的琴声

出自少女之手

轻摇旗帜，让风静止

有一种语言像潮汐一样

漫过山丘和田野

鸟鸣藏起了成熟

和炊烟一起

成了这个季节的主色调

远处的青山

轻声地唤着云朵

蓝天大声地蓝，蓝了又蓝

痴情的姑娘，羞羞的

就是不应答

2018 年 2 月 25 日

冷 月

冬天的枯枝

在寒风里燃尽了太阳

傍晚惨淡的微笑

心怀好意

扬起风吹的灰烬，巨大的

笼罩收缩事物的根

黑，拼命地钻进

蓝色的领地

世界的格局，均势

月亮跳舞

好身材，好看的皮肤

很轻的背景音乐

不能有一丁点儿热情

更不能咧嘴一笑

如果在这个时候

心跳加快，就会点燃导火索

就会有天崩地裂

不远处，雪在飘

冰层很厚

2018 年 1 月 22 日

立冬前夜

疾步公园小道
赶在立冬之前
再次踩一踩秋天的
节奏。夜色流淌
和收获
连在一起的沉香

不远处的街舞
四季不变的舞曲
中老年妇女一直在跳
旁边的香樟、银杏、冬青
也在跳，还有光杆的
西府海棠，花枝乱颤的
过去。夜晚都打上了
温和的灯光，浅笑
为秋风送行

明天的风作揖于
自然的伦理
会是脱胎换骨的疼
轻声捎来雪的口信

树叶纷纷扬扬
护住大地的凄凉
终将会有一场大雪
带着主题铺天盖地
故乡的原野里
一只野兔划过
我的耳朵里充满绿芽的萌动

2017 年 11 月 6 日

流水带不走沉潜的星光

自古至今
水，微生物，水生动物……猿，人类
一朵浪花
一条河流

河流的发源地在圣洁的雪山
母亲的疼痛
婴儿的啼哭
山崩地裂，一条清流

太阳也在河里流淌
从东到西的方向
从稚嫩到慈祥
把《黄帝内经》和诗集一起刻在墓碑上
周围的流动
白颜色的河流

黑颜色的水
星星一直在发光

2018 年 4 月 21 日

蜻蜓的泳

午间，打开窗户
让囚禁了半天的视线放风
空气和情绪
一道放出去遛遛，会碰到楼下
那条叫贵妃的小狗
阳光牧场
草还未来得及黄枯

纯蓝的天，装满秋色
无边的秋色是最好的泳池
阳台上的猫
眼睛半睁半闭
悠然自得地仰泳
漂浮的是红尘
远处的推土机
挥舞着长臂

自由泳的速度很快

向着同一个方向，再转身

那里老鹰对着猎物俯冲

高台跳水的水花

溅湿了空中的云

午间的风

定格了蜻蜓的泳

恍惚之中

我已分不清

是人还是蜻蜓

2017 年 8 月 26 日

水边的

立在水边

我不说话

树不说话

我们在一起像亲戚

我扮成孤独者的模样

目光从水面驰向远方

留下孤独的脸庞

风起时，有温馨

有浪，细碎的闪光

络绎不绝的喧嚣

拥挤不堪

起伏，成长，破灭

拖着太阳和月亮的影子

经常酝酿复杂的意象

晃晃悠悠，风停时

拉上遮羞的布

一脸的无辜
平静挤出的乳汁
顺着经络进入每一个穴位
最接近孤独
可是，水边的一个人
变成了两个人

2017 年 11 月 9 日

水中央

总之，我站在水中央

四周是水

平静的表情

稍带微笑

颤过芦苇的顶端

传递深层隐秘

鱼儿在根部倾听

只知道虫子的叫声，有气无力

拉近了与沙滩的距离

路灯从我的手心

钻出去，刺进夜的心脏

黑色的血液弥漫

一种体质，在夜里生长

黑暗卡在喉咙

无法清亮地对话

气沉丹田

吐纳虚无

我可否在水面上行走

可否到达彼岸

我的四周有栅栏

风在通过

2017 年 10 月 21 日

天又黑了

窗外的路灯
和高楼渐亮的灯火
一点点地刺破了
夜，无声地流淌
太阳留下的孝子贤孙
我，还有
不会言语的植物
傲慢的高级动物
不谙其他动物的心思
黑让大家很平等
鸟进了巢，虫豸进了洞
我们进了有亮光的楼层

黑，一场大幕
真正拉下的时候
白，已经睡去

眼前的黑，只不过白累了

打个盹，还有好梦

不需要任何努力

太阳会按时出现

以相似的面孔

开会，劳动

花草在四季喜怒哀乐

黑，在被感知中

总是以白的面目出现

一群少男少女走向舞台中央

幕在两边潜伏，天籁之声

危机四伏的原野，虎长啸

其实每天的白

都在增加一个黑点

等黑把白一点点地覆盖了

那就彻底地黑了

白，终究是个谎言

我的原野！

2017 年 12 月 4 日

我的眼睛

绿色的眼睛

经常和鸟鸣为伴

关注一些善事

有志愿者在树下

为鸟儿们筑巢

红色的眼睛

经常和太阳一起燃烧

燃烧垃圾

燃烧死亡

燃烧光明里的阴影

婴儿的啼哭从东方

刺破了黑暗

黄色的眼睛

被皮肤同化

被稻谷麦穗同化

被黄土黄河同化

黄色的沙滩边

涌动着蔚蓝色的海洋

白色的眼睛

从电脑移植到纸张

从纸张移植到天空

眺望远处的羊群和

老母亲慈祥的白发

黑色的眼睛

白垩纪前就已深埋地下

与蚯蚓为伴

与绿叶的情思为伴

与我认识不认识的祖先为伴

把我的眼泪挤成泉水

从坚硬的石缝中送出

2018 年 7 月 14 日

我每一次睁眼

梦里的沉重

总是被透进的鸟鸣

稀释

我每一次睁眼

想看看黑暗里

万紫千红的模样

每一次

都深深地失望

即使在深夜，我的幻想

张狂，付出失眠的代价

墙壁漫进的光

依然残酷地屠杀黑暗

和黑暗里蚊子滋生的暗红色的膨胀

侧耳细听

那是路灯的声音

星星和月亮的声音

萤火虫的声音

雪地洁白的声音

注入我的心跳

红色的火苗，跳动，延续

深海里航行

穿越长长的隧道

依然有光，我睁大眼睛

水面上金黄色的太阳

2017 年 10 月 14 日

无数只眼睛

天上有无数只眼睛

男人的眼睛

女人的眼睛

科学家的眼睛充满智慧

蓝天白云的眼睛

像大海一样闪烁

海鸥是视线里扯不断的风筝

乌云的眼睛

来自西伯利亚的猛虎

雨水总是模糊了人与兽

善意的交流

蚂蚁不能算兽

这个不规则的世界

也长着蚂蚁的眼睛

地上有无数只眼睛

红的眼睛，绿的眼睛

白的眼睛，黑的眼睛

无数只眼睛交织在一起

不同的风

吹出奇怪的声响

视线一片汪洋

高楼上有眼睛

云端有眼睛

玻璃后面有眼睛

总是鬼鬼祟祟，花草无辜

一万只酒杯砸向眼睛

李白的眼睛，杜甫的眼睛

长江的眼睛，黄河的眼睛

石头的眼睛为什么

总是含有泪水

炮火的眼睛通红

疾病的眼睛暗淡

饥饿的眼睛在一遍遍搜寻着

天空中难得一见的彩虹

眼睛制造了世界

世界长满了眼睛

我愿意交出我的眼睛

我听风听雨听光明！

2018 年 7 月 9 日

雪　前

灰色的大幕早已拉开

张网以待纯洁的洗白

搅动灵魂的庭院

重新塑造有主题的公园

树在等待

高楼在等待

宽阔的马路敞开胸怀在等待

微信里一张张涨红的脸

焦灼的眼，在等待

舞台之上

没有音乐

没有舞蹈

没有歌唱

温暖而寂静的手

按住一片空白

四周的掌声可闻

极其遥远

高铁上的雪语未融

这里在等待闹钟的起航

下垂的眼帘

寂静里

窗外的雨点，过多的宣泄

疲惫的肌肉已经不能绷紧

肆意的骨骼

扔在玻璃上的情绪细碎

成了两行祈祷的清泪

台灯善意的微笑

我敲打键盘

下它一场雪

2018 年 1 月 4 日

一只小狗

我用卡刷开了

小区的门

一只小狗跟在我的后面

进了小区

我看看前后，并没有它的主人

我在前面走，它在后面跟

或近或远

我停下来看看它

它看看我，可怜的眼神

一只花白的小狗

你的家是哪幢楼？

莫非住在我家附近？

我在前面走

它在后面跟

小区的人以为我有了养宠物的兴趣

刷开了单元的门

小狗也要跟进

我朝来的路挥挥手

小狗看着我，不动

我又用力挥挥手，叫它回

智能的门咔嚓一下关紧

我当然不能偷别人的宠物狗

回到家，我和女儿说

一只小狗一直跟我到门口

女儿说，那是只流浪狗

只要你朝它看一眼

它就跟着你走

哦，流浪狗，流浪狗

我突然有了想流泪的感觉

2018 年 1 月 2 日

异乡的烟

在异乡，点着了一支烟
一条孤寂的线
摇摇晃晃，出了窗子的边缘
我很担心
这里的高楼、绿树和汽车
能否接受这异乡的烟
能否听懂他的方言

这里会不会欺生
会不会骂他
会不会打他
会不会把他偷偷地拐卖
灰蒙蒙的天
淹没了回家的路
我掐灭了烟

2017 年 9 月 2 日

｜雨　夜

轻快的雨滴

恣意地敲打夜色

发出沙沙的鼾声

夜更静了

黑色的声音

一种浩大的空虚

填补世界白日的压迫

越来越矮的心境

雷声并不算响

很快被雨声淹没

倒是楼下那只

不知天高地厚的小黄狗

大声地汪汪

惊了正昏昏欲睡的夜

2018 年 5 月 25 日

| 远　离

我身体的重量

还是能传到地面

哪怕轻微的一声喘息

不像在飞机上咳嗽

肉体和机身只有紧紧贴在一起

我确认我站在这幢大楼的

21层的一个房间的中央

紧闭的门窗攥紧灯光

让人烦躁

节目主持人絮絮叨叨

索性将所有的灯关掉

也关掉画面和声音

把自己放在黑暗里

让十面埋伏进入高潮

我与桌子、椅子、柜子、床很亲密

我们在黑暗里都很害怕

在冬天相互取暖

在空中，脚下没有厚实的土地

地毯很中庸，钢筋水泥很冷漠

土地一定不会知道我们的音信

卫生间滴水的声音，清脆

主要由汽车制造的噪音拼命地敲打玻璃

想进入室内破坏我们的爱情

我很愿意被黑暗所侵蚀

麻醉，全身酥软等待埋伏的感觉

窗帘没有拉紧

我被一枚挤进室内的很细的光

蜇了一下，几近惨叫

我猛地拉开窗帘，张开双臂

让光扑面而来

扎进我的五官我的身体

可怜的黑暗躲在了我的身后

眼前五彩缤纷，赤橙黄绿青蓝紫

在高楼间浮动，变换着心情

把这个地方人民的花朵

全部展示在仰视的角度

我是这个城市的陌生人

现在坐在这幢大楼的21层

一个房间面向窗户

我背负着黑暗，很吃力

我朝向光明，很温暖

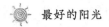

最好的阳光

我收回被江水带远的目光
和低处的无数个闪烁的车灯交流

2017 年 12 月 10 日

　这个傍晚

我的眉毛

在空中时隐时现

我的眼睛

在路的两旁

蒙蒙眬眬

一只鸣蝉，仅一只

叫开了淡淡的桂花香

巧妙地接住，伸出的舌头发凉

其他的树和影子

冷静地纠缠

虫子的叫声

薄薄地、间断地铺在

我疾行的脚下

噢，原来这些可爱的精灵们

正在酝酿一个创造

因为，我跳动的眼神

泄露了一个
小时候妈妈告诉我的秘密
我要再一次说给妈妈听

2017 年 9 月 25 日

这条河

我知道，这条河
水浅而浑浊
但也淹死了不少人
我发的讣告，我很清楚
这条河的不幸

这条河里鱼很多
钓鱼的人情有可原
如果在河里大小便
不是病了，就有淹死的可能
从此不能喝酒、聊天、谈诗
呛了几口水，没死
我还偶尔为他们诊脉看病
淹死的人，可能还有我的朋友
不是他隐藏得太深，就是我的无能
我为此一直在检讨怀旧

我想用我的经典药方
去起死回生。我还有好酒

河上一直有清冷的乡音
透过阳光，绕过标致的丛林
在岸上筑巢，绝对的鸟鸣
放空心事，扯起一片白帆
把不小心溺水的人
送上岸，我们素不相识
因为，你看上了我的经典药方

2017 年 9 月 25 日

黄昏之痛

黄昏有些不甘心
没有慈祥的太阳
带着一颗平和之心
慢慢地闭上眼睛——
不可多得的临终
今天多云

早晨我环湖晨练的时候
太阳在绿树的枝叶间透着新鲜的光
由鸟鸣转换为不可多得的意象
湖中泳者打起的水花
深幽中一派诗意的灵光
我有了不吐不快的想法

我写了几行，为了一种颜色
再去寻找阳光。闷热的黏性

已经扯住了通透的栅栏

没有风进出，冥思苦想的诗句

由于缺氧，一片汪洋

淹没了来时的路

窗外越来越暗

2018 年 5 月 1 日

背景音乐

草丛中的幽灵
斑斓的翅膀，晨曦中
扇出凉爽的清风和密纹
淹没了我的头顶

我游过人工湖的碧水
游过石拱桥的蛙鸣
游过蚯蚓和蚂蚁的欢乐
我和鱼虾为邻
攀援在水草之上
河对岸的楼房让我心软
我沉湎，但我不能死在这里
我有家要回，有烟要炊

阳台上的米兰和茉莉
最喜欢接纳窗外的鸟鸣

一杯香茶，一本诗集

我们坐下来

做一天的畅谈

你要我平和仔细地体会鸟鸣的

无意识和感情色彩

描进我凿出的汉字

烧制出一笔一画

2018 年 6 月 17 日

不变的话题

雨
是天空不变的话题
怀揣太阳、星星和月亮的光芒
讲给土地上的万物听
分了四个篇章

山
是水不变的话题
小溪流欢快跳跃
从山村到城市
从江河到湖海
大海蔚蓝色的论坛
有大山掏心窝子的声音

黑
是白不变的话题

没有西边的夕阳红

哪有东方的鱼肚白

黑夜燃尽了你梦里死亡的气息

才照亮了你阳光下的露珠和小草

小草下的阴影是天生的胎记

你

是我不变的话题

锅碗瓢盆

蒸煮日出日落

窗明几净，满屋生香

红色的鱼，白色的茉莉

和你一起潜藏在我的每一篇诗章

2018 年 6 月 23 日

翅膀的声音

十五的月亮心满意足
江声传得很远
白天的鸟鸣藏进了月色
月色里有了展翅的声音

阳台外，飞翔的月光
淹没了楼房
只有灯光或左或右
一些吉祥的符号
召唤高大的香樟与夜融合
远处的群山不言语
袒露着睡前的宁静
书房愉悦，键盘轻松
今夜白玉苦瓜
今夜将进酒
今夜经典药方

意象腾挪轻声慢语夸张

楼上的钢琴

和月光一起流淌

一个拐弯掀翻了月光

碎了一地的银两

轻轻的几声狗吠

正在警告偷盗者

2018 年 3 月 31 日

雷雨大风

五月十八日下午四点
乌贼鱼从东海喷出墨汁
溯江而上
在一个叫皖江的地方
弥漫开来，攻城略地
把刺眼的阳光和逃跑时丢下的光明
一点点地拾掇
挤压到九霄云外

一片漆黑，倾盆大雨
一个伟大的洗白
闪电和雷声不停地砸在
晃动的风、犹豫的玻璃上
树影和灯火一起缠绵
吹出无数个气泡，像子弹一样
击打漆黑的铠甲，敲击万物

这本来的白昼
一片厮杀
一片风声鹤唳
一片千军万马

一阵响雷过后
我接到了一个南京患者的电话
失眠了多年，这一周睡得很香
感谢，感谢，感谢！
雨受到鼓动，雷受到惊吓
我大声地说：不用谢，医生就是看病
比雷声还响，和雷声一起传递
雨很大，天渐亮

2018 年 5 月 19 日

书的夜话

夜深人静的时候
书橱里的书
总有说话的声音
有男声，有女声
有苍老的声音，还有嫩嫩的童音

这个时候，我会关掉电脑
关掉灯，关掉从窗户
进进出出的风
我闭上眼睛
感知声音的方向
词语、概念和意义
各种声音混在一起
奇特的轰鸣
平和而尖锐
还有鸟叫、蛙声和蝉鸣

我在黑夜里痉挛

在寂静里失明

一股电流

涌遍全身

射向窗外

2017 年 8 月 16 日

疼 痛

大地要生孩子

痛得死去活来

风雨雷电翻滚

抓破了河流

隆起的山脉

寒冬腊月，天外的雪花

最纯洁的疗法

也无法为大地止痛

月亮和星星安慰

太阳温暖地开导

大海的宽广湛蓝

山岭的高大挺拔

都无法让这样的疼痛

有片刻的缓解，持续

撕心裂肺的痛

疼痛包裹着生命

大地的孕育
带有太多的鞭痕
看惯了日出日落
生老病死
一只蚂蚁在鸟鸣中醒来
吹响了集结号
春暖花开

大地的孩子是四胞胎

2018年2月3日

我听到冰山炸裂的初响

连续四十多天的高温

飞毛腿

击穿了世俗

水面晃动，高楼晃动

城市和乡村的每一条路都在晃动

导火索

一直哧哧作响

惊诧了悠闲的时光

目的地不是碉堡

是冷艳无比的冰山

地球被高温推来搡去

油锅里炒鸡蛋

谁在添油加醋

可口的美味掉进血盆大口

激不起一朵浪花

无边的痛楚

在潜行中进入

每一具富态的身躯

沉默在阳光下

特别耀眼，一个字

盖住了所有的事物

每一个新的坟头都有怨气

每一部汽车的尾气

都挑着刺眼的白旗

每一声蝉鸣

都在扇动着西伯利亚的风

2018 年 8 月 25 日

噪　音

深夜里月食的影子
比楼高
比路长
汽车的速度
不断地刺穿天地的宽广
和那层心包膜

刺痛了我的眼睛
刺穿了我的耳膜
心包膜里裹着滴血的房颤
在我通红的舌面上
留下了艰难的齿痕
苔黄厚腻
脉象滑数，湿热弥漫全身
结了厚重的痂

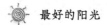

好在，望闻问切之后

故乡菜籽湖，纯洁的候鸟

水淋淋的叫声，在不断地长大

2017 年 8 月 24 日

┃ 冷　光

落叶忧郁

路灯

在冷风中抹平水面

摇摇晃晃

几声尖厉的狗叫

像一团火

燃破季节孤傲的蛋清

一丝被怜悯的温度

羞羞涩涩

睡梦中

星星播种月光

拂在鼾声的容颜上

垂柳般摇动水中的世界

月光凝成一只花猫

凶狠地破窗而入

张开四爪，扑向你
你倏地收住正在四处漫游的鼾声
用手臂挡住
那猫退回了月光下
只有那蓝幽幽的两只眼
睁得很圆，慢慢地暗淡
一直到很远很远

2018 年 11 月 16 日

辑四

红色狂想

潮湿的阳光

这明亮的盖头
把江南的季节
捂得严严实实
空气的情绪
在沟渠江湖膨胀的日子里
得不到半点宣泄
汗液半推半就
一半在里头，一半在外头
里头的被卡住
外头的拽着蝉鸣
在滋滋地冒烟
没有爆炸的声音
导火索里
有太多的汗液和雨水的成分

或明或暗

或阴或晴

东边日出西边雨

江南江北

上中下游

北半球，亚热带，季风气候

太多的事物有理论依据

一半在里头

一半在外头

2018 年 7 月 1 日

赤　膊

夏的灰烬依然这般张扬
秋的忍让
今天我又赤膊上阵
面对这垂死的挣扎
蚂蚁搬家，雨将至
我还能这样赤膊几天？
花在萎，落叶纷纷

窗外的栾树
一边是向上生长
崭新的黄
一簇簇犹如春天的意象
过去的事物总有
值得回忆的地方
为找寻遗传的血统
基因总是珍藏密码

在每一个应该出现的地方
举手的姿势不厌其烦

窗外的栾树
一边是落下
细碎的花瓣，密密麻麻
淹没了夏天的蝉鸣
淹没了我们仰望时对春天的憧憬
也淹没了树丛间的小径
像老母亲的絮絮叨叨
我无从下脚

一切尽在秋风的掌握之中

2018 年 9 月 15 日

电　扇

电扇

总是不停地

拒绝着夏天

黑夜里伸过来

汗津津的手

带有蚊子的咬痕

电扇呼呼的粗气

让夏夜

特别宁静

几声狗吠

从阳台漫进来

流淌在

不甘寂寞的键盘上

皴开了我的

昏昏欲睡

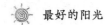 **最好的阳光**

润出了我的

图圄深陷的远方

2018 年 6 月 21 日

对视夕阳

我站在山坡上
看着夕阳
夕阳也看着我
我们不说话

夕阳是安静的，微笑的
笑容染红了西边的天
还有太阳来时的路

早上急着上班
顾不上鲜嫩的朝阳
中午赶着吃饭
也没有看看头顶上的太阳

下班后到公园快走
如果，时间合适

正好碰到太阳下山
没有悲壮，也不叫如血残阳

安静和微笑
留在天上很久很久
直到一枚弯月
点亮路灯，回家的路才不会黑

2017 年 8 月 26 日

挂在阳台上

阳光行走在

每一寸肌肤上

鱼鳞般耀眼之后

总是在闭眼的时候

将死亡之前的呼吸

模拟得惟妙惟肖

鱼上岸之后

石头总会和水交流

渔夫的网可能会在

几天之后洞穿

夜晚月亮会有蓝色的鼾声

迷失在青纱帐里

儿时的萤火虫流着太阳的光

炊烟抚过，微笑漾起

一只鸽子从旁拾起了何人丢弃的

圆圆的绿绿的鸟鸣

诗的通道像石头一样坚硬
挖掘机停在半山腰
荆棘的语言总是梗阻在
发烧的伤疤处
色素沉着在太阳的周围
颈椎病里卡着方块字
注射一种药
飘成数不清的帆船
一种太阳底下的白，温度适宜
有风，有炊烟，有少女的歌声

诗挂在阳台上
有风进出，摆动

2018 年 5 月 27 日

观　鱼

人观鱼
其实鱼也在观人
人鱼一体
海平面上升
这不仅仅局限于
美人鱼给人类设下的思维陷阱

鱼缸里有二十一条红鹦鹉
十七条浮在水面
四条沉在水底——如此大的分歧
整体对生存的抗议

人不舒服也是这样
跑医院寻医问药
在沙发上靠一靠躺一躺
严重的要治疗

打针吃药吊水开刀

人会说会跑会喊叫
鱼只能把有异于常态的状态
呈现给每一个关心它的人
——有人懂得，有人不懂
懂与不懂之间往往就是生命的缝隙
看有没有合格的桥梁工程师

我在缝隙里制造
放掉三分之一的水
再放进新鲜的血液
两个小时后
活跃的鱼群追逐嬉闹
已是浑然一体
没有了天堂和地狱
我不是个旁观者

2018 年 8 月 12 日

｜ 汗　书

汗的历史很清白
查他个祖宗八代
每一张面孔
都是贫下中农的后代

汗，是温度的粉丝
只要温度振臂一呼
汗，就会汩汩而出
把有温度的思想表达得晶莹剔透
汗来自地心
岩浆碰撞挤压而喷涌
电闪雷鸣之后
深山密林中的泉眼，一股清流

很远的时候
汗和雨水密不可分

原始人围着草裙在雨水和汗水里围猎
现代人用空调隔开了雨水和汗水

汗和夏天有缘
温度是夏天的亲戚
汗在夏天里举杯
温度在夏天里酣畅大醉

跑步出汗
田间地头出汗
室外的脚手架出汗
江河湖海出汗

汗的生命很短暂
但，汗能像春天一样无限地萌发
这个世界不能只有雨水而没有汗水
没有汗水的世界会洪水泛滥

2018 年 8 月 5 日

红色的墙

这样的红
在一条暗河里涌动
惊动了无数的鱼
衔着星星四处逃散
夜晚的灯光发布黑暗
这样的红，把黑暗浸染
染红了树的叶子
染红了空气和雨滴
染红了脚下的每一块砖
和砖里红色的蚯蚓
穿越世纪的尘土
染红了每一个人

我红色的眼睛
射出了红色的平面
无数把滴血的剑

穿墙而过，抚平往事

微风中，红色的姿势

晨曦倾听世界的脚步

各种语言长成浩瀚的森林

一尘不染

目光一律从天空滑落

低处斑驳的结痂

是历史踹出的一脚

阴雨天的疼痛

神经有永久的记忆

红色的墙心跳的声音

是红色河流的源头

2017 年 9 月 9 日

开着花瓣

树上开着花瓣
水里开着花瓣

离开枝头的花瓣
和月色一起流淌

轻风摇动晚虫
花瓣载着一轮圆圆的月亮

2018 年 9 月 8 日

考证阳光

深山老林古树参天
无论阳光在枝叶的顶端
表达何种强烈的要求
低处哀怨的花草
依然遥不可及阳光之手

双休，阴天，微风
沙滩上到处都是儿童
趔趄的脚步，天真的笑
手中的塑料锹让地球肃然起敬
阳光和儿童一起在沙滩上打滚嬉闹

阳台上的马齿苋、茉莉和三角梅
浇水施肥枝粗叶大不开花
搬到阳台外
让阳光直接从早爱到晚

开了
白色的茉莉，红色的马齿苋，紫色的三角梅
——那都是阳光的笑脸

我有天在公园跑步
大雨突然而至
同路的一个红衣少女撑开了伞
叔叔，过来躲躲雨——
我为女孩撑着伞
看到伞外飞溅的
都是阳光

2018 年 8 月 5 日

立夏花事

细密的雨声让鸟鸣含混不清
几次故意的尖锐划开雨丝
绿色的帆，泪流不止
我起床的懒腰和哈欠
说服了所有不和谐的场面
安静
我说，水还在流
我认定了风调雨顺
在从今往后的日子里会周密安排

一些晦涩的灵魂
正从事物的阴处踮着脚尖
走进热烈的场面
享受经久不息的掌声
和少女捧上的鲜花，热情的吻

初始的羞涩

在漫山遍野的开放之后

敢于面对爱情

面对或冷或热的感冒喷嚏

面对自己不流畅的发言

脱掉厚装，披上薄纱

色彩斑斓的理论

风吹在更加明亮的眼神里

展示自己毫无保留的优美

为春天送行

水边苗条的少女

正在被渐涨的河水丰盈

千里之外的蛙鸣

已从我的身边上岸

嗖嗖地去追赶已经长高的天空

2018 年 5 月 5 日

密集的框架

风的线条很复杂
上下前后左右
并列重叠穿透
眼神与眼神的焊接
支撑偌大的空间
让高楼成长
让树成长
让道路四通八达
让鸟鸣和花香肆意地扩张

我是框架中的
一个支点
我左手拿着中医经典
右手拿着我的诗稿
我平衡地飞翔
我高声地呼唤

颤动每一根风的线条

染上阳光的味道

2018 年 1 月 14 日

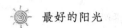

秋天的时光

秋天的时光是平整的
从起伏到耸起再到风平浪静

秋风削平了一切生长的尖锐
秋雨填满了暑气刚消的欲望
秋叶填进了一切爱恨情仇的坑坑洼洼
丰硕的果实塞满世界的缝隙
心满意足的兔子眯起眼睛
在橙色的秋阳里小睡片刻
居然还有上等的好梦

我站在秋天的水边
用全身的力气打了个水漂
惊起一群水鸟
拉长了一片时光

2018 年 9 月 13 日

秋阳帖

秋阳的笑脸

从几里外的向日葵移过来

蘸着秋高

在阳台的玻璃上涂鸦

几只麻雀的叫声

有无尽的爱意

不丰满的树叶里

还有几枚枯黄，飘落

让目光柔软于

踱来踱去的悠闲

离我很近，茶香正浓

从这棵树飞到那棵树

小区很大，很安静

还有对面敞开胸怀

雕塑太阳的公园

有的树不落叶

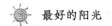 最好的阳光

四季都有花开

我喜欢看窗外的秋阳
在麻雀的跳动里
温暖而安静

2017 年 10 月 28 日

闪　电

平静的水面和天空对峙
有蜻蜓在微风中练习飞翔
鱼儿的细胞里
正在异化并高度分化的疼痛
像菜花一样
突破平整，越来越心神不宁

幽灵，一个白色的幽灵
在湖面上空游荡
从太阳的光芒里抽出手术刀
在水面定位一刀下去
世界静谧
血液在神经的抽动里
溅满山河的视网膜
裂开的声音，碰撞的声音
呻吟的声音，退却的声音

一场混战厘清了
彼此不一样的身份

世界依然躺着，一点不痛
等待稍后密集的雨点
洗掉血迹
冲走沉积已久的污垢和疼痛

2018 年 7 月 21 日

世界杯

老婆说我是伪球迷

可能有道理

我看球，但我不赌球

每晚三场

我只看一场

我不知道每位球员的姓名

也不知道他们的风格

但我知道C罗、梅西和内马尔

梅西老了状态不好

阿根廷的依赖症无药可医

C罗春风得意

一场三球，已进四球

内马尔伤病初愈

终场前一分钟

一脚续写信心

世界杯是个大舞台

不管你贫富悬殊

人口多少

只管你踢得好不好

非洲雄鹰尼日利亚

2：0胜了冰岛

34万人口的冰岛

平了老牌冠军阿根廷

……

世界杯还在继续

足球还在滚动

我还得看下去

管他伪不伪，迷不迷

一届世界杯会踢去你

四年的光阴

雷米特这个老狐狸

痴迷于把地球玩于股掌之上

我们踢足球，我们爱地球

我们有了世界杯

我们愉快地和地球相处

最终，地球会拥抱你

把你揽进它宽大无私的怀中

——成为球体的一部分

2018年6月23日

太阳雨

鸟鸣隐匿

蝉声隐匿

只有太阳依旧

维系着夏日的权威

黄昏的外套

依旧发红明亮

对面脸庞的轮廓

沉湎于久经沙场的飞扬

稳定的笑意

像莲花一样亲近水面

鱼儿制造的涟漪

在每一扇窗户后面

有精致的修饰

空调和电扇的故事

在这个时间

变得有些犹疑

雨下得很大很急

敲打的敲打，收敛的收敛

扩散的扩散

无意识充斥着所有的事物

没有什么风

茉莉含苞待放

米兰尚幼未香

阳光一览无余

雨滴打在少妇的肌肤上

成熟性感

不一定要乌云

要黑暗，要电闪雷鸣

和平共处

我出我的阳光，你下你的雨

2018 年 7 月 8 日

天　空

天空就在我的头顶上
可我怎么也够不着天空

蓝天白云
电闪雷鸣
风带着阳光和月色
可以四处寻找爱情
天空离我很近
我怎么也够不着天空

我经常仰望
我经常登山
我经常爬上高楼
我怎么也够不着天空

天空属于伟大的太阳

慈祥的月亮

和智慧的星星

我和小草，只属于大地

我每天脚踏实地

我选好了我今后的墓碑

2018 年 7 月 15 日

天　热

天
像是要热得
一无所有

道路，高铁，楼房
所有的事物
都在赤裸裸地缴械

我真想
用突然而至的雨水
把你砸昏
——这35℃以上的高温

2018 年 6 月 28 日

夕阳西下

这个月份

晚七点的时候公园还很亮

绿色的音响深藏于茂密的灌木丛中

于无声处

漫山遍野的蝴蝶和蜜蜂

随着橙色的晚风

优美地转身

朝向西方

潸然泪下

窗外的鸟鸣已经删减

午间的复杂

简单的意思不用翻译

滚烫的树梢渐次冷却，静静地

在一只鸟的叫声里

暗淡了注视小猫小狗的目光

他总是忘却

他总是随风飞扬

他在一浪一浪的潮水里

没有了度量，并随遇而安

巅峰和谷底

他不能理解夕阳投下的巨大阴影

他心里还有一个定时出现的月亮

阳台外的猫声很激烈

我不喜欢安宁中的这份激烈

好在有风，树轻轻地摇动

楼上稚嫩的钢琴声肯定出自一个孩童之手

2018 年 8 月 19 日

元宵帖

洁白的雪

残存的记忆褪去

一张白纸

被鸟鸣的阳光

染成金色

红色的笑容

流行国色天香

从心里荡出的涟漪

一层层轻轻地推向窗外、小区、城市、乡村

大江南北，长城内外

阳光沙滩向一切困难进军

寒冷的季节温热

我倾情演奏春节序曲

一壶酒，一直变奏

春天奏鸣曲

流水的样子，花开的声音

一直向蓝天白云

无限地伸展美好的憧憬

在一个万人仰视的夜晚

迎接圆圆的问候

微风银色

枯枝绿芽萌动

曼陀林乘夜潜行

这个时候高铁一点也不冷漠

每个站台都有红灯笼

都有中国结

都有红红的中国脸

高铁串起红灯笼

一条硕大无比的项链

挂在祖国人民的胸前

2018 年 2 月 25 日

夏日的战场

这夏日的战场
群山环抱一湖碧水
树木参天遮天蔽日
战士们个个精神饱满

泳者劈波斩浪
满湖的阳光高涨
一圈一圈的热浪
攻击中啪啪地拍岸

各种繁复的鸟鸣
从隐蔽处射来暗箭
蝉声接招
吹响了漫山遍野的集结号
此起彼伏，喊杀声一片
我们在林荫道上奔跑

吸进氧气，呼出二氧化碳
我们的心跳每分钟
要达到120次

这夏日的战场哟
都在寻找各自的敌人开战

2018年7月28日

这样的生活

2017年12月的一天
我站在阳台上，张开透明的翅膀
在温热的阳光里，想美好的事情
梅花幽香，我与世界交谈
四季海棠正红，长寿花浅红，孔雀花浅紫
还有大量的绿色语言流行
《黄帝内经》的阴阳五行
在泰戈尔《生如夏花》的王国里获得新生
朋友的诗集已经读了一半
我的长诗，正在寻找最能打动人心的诗意
开出我的《经典药方》

阳台上充满阳光
阳光里透着中国的微笑
我站在阳台上瞭望中国
拂去雾霾，我用我明亮的双目

把这样的生活投射到天幕

蓝蓝的，强烈的光芒喷涌

太阳升起的地方

原始森林，广袤的牧场

鸟儿自由地飞翔

少男少女在舞蹈

白云追逐着羊群

牧羊人热辣的情歌唱红了人民的脸庞

高铁在祖国的大地上采风

每一次凝视，一帧美丽的山河

乡村的炊烟裹着鸟鸣

已抵达城市的边缘

电商和支付宝成了我们的亲戚

手机和电脑立在纸张垫起的高度上

循着指南针的方向日夜闪烁

城市的道路上

共享单车彰显着现代文明

大数据正在编排自然的伦理

云计算把星星和月亮种植在

我们身边的土壤

和向日葵一起开放

2017 年 12 月 24 日

最好的阳光

最好的阳光

总是在阳台外

抚摸思想

透进没有寒冷的光

恰好的热量

和绿色的愉快

红色、紫色的瞳孔

一起缩小放大

平和的茶在木质的椅子上

等待鸟鸣的复杂

尤其是一种鸟的仔细

总是把我捧在眼前的汉字

逐个逐个地擦亮

我享受这阳光的善良

这阳光在故乡的菜籽湖里洗过

湿地的一万种鸟

翅膀扇动香甜的清风

为阳光助力，让阳光飞动

这阳光在故乡的大枫树上被摇落

几千年的荫凉里有酣畅的午睡

阳光在枫叶的密语里传到远方

在故乡的姥山上刻意停留

墓碑前丰盛的草木

细找爷爷奶奶的只言片语

残缺失落的家传秘方

最好的阳光总是在路上

最好的阳光总是照在灵魂的最深处

2018 年 3 月 4 日

蝉声如潮

湖边林荫
隐蔽处的蝉声
拥挤潮湿，湖水躁动
闪电般的分裂
牵引神经，透明的裂纹
要撕开这空气
撕开这个季节厚厚的膜

这混沌的季节
模糊了很多事物的界线
蚊蝇沉沦
缝隙，阴暗潮湿处
生了无数的苔藓
惨白的脸，猩红的笑
阳光被雨水折得弯弯曲曲
我使出了吃奶的力气

我和这些个山水过不去
我等待干净的颂歌

刺破吧，刺破它
让阳光是阳光
让风是风，雨是雨
让蓝天是蓝天，白云是白云
让男人是男人，女人是女人
我喜欢这个世界的简约清白

2018 年 7 月 7 日

虫 岛

这也是一处海
连着东海的潮

晚风吹落月色
虫子的声音堆成一座岛

小桥流水映山红
路灯下的一张椅子
成了岛的主人
教堂里的牧师安静

我坐在虫子的声音里
胸脯抑扬顿挫
月色和花香软成了妈妈的摇篮
轻轻地晃着我疲惫的灵魂

我索性把灵魂扔给虫子
大声说：拿去吧！任其噬咬
让妈妈看我血淋淋的样子
为我垂泪为我包扎

2018 年 4 月 23 日

纯净的天籁

这应该是合适的
时间和地点
2017年末
古称鸠兹的地方
雪没有下
似乎在等着一只病恹恹的老虎
咽下最后一口气

雾霾始终
把灰暗的情绪传播得很远
复杂而低沉的大号和巴松管
大提琴也不甘寂寞
灰黄色的锋利割开了
麻雀的清脆
呼吸道有明显的颤栗
没有了炊烟的心情

明亮在天色渐晚里隆重失色

我打开台灯
照亮了新台历的元旦
元旦是红色的
我知道，那一场
纯净的天籁
很快会在红色的秩序里飘来
在绿芽的前面

2017 年 12 月 30 日

端午的节奏

草丛中飞出的音符
带着蝴蝶，夏风
漫天飞舞
稀释了季节的沉闷
空气便有了端午的节奏

城里没有龙舟
公园里有船的模型
有风，有浪
有网，有鱼，有飞行

只要有了端午的节奏
散步的我
便成了一条龙舟
锣鼓，号子，旗手
体内落满呐喊的人流

我身旁的人群

或快，或慢

行云的脚下

都是轻松的河流

2018 年 6 月 16 日

狗　吠

这是一只小狗的声音

很小的那种，声音很幼稚

欠缺老练的表达

贴着黄昏在飞

老爷爷抱着可爱的小孙儿

站在一株百年的广玉兰下

一根结痂的枯枝

伸出了崭新的臂膀

伸向前方香气馥郁的花朵

衔接那种不可复制的纯洁

在仲夏的晚风里

挽留茂盛的深绿中一丝蛋清般的羞涩

书房里寂静

正在磨合黄昏的密纹

耐心地承受高架的颤抖和街上繁复的足音

2018 年 6 月 17 日

呼吸之间

我立在天地之间
张开嘴巴
鼻子朝天
呼吸山河日月

我吸入的是高山
葱茏的树木
我呼出的是大河
洁白的细浪

我吸入的是太阳
无边的光芒
我呼出的是月亮
温柔的目光

我吸入的是白天

一寸寸领土

我呼出的是黑夜

一条条冰冷的长蛇

我吸入的是产房里

婴儿的啼哭

我呼出的是墓碑上

铜绿的浮尘

2018 年 3 月 20 日

某地正在发生

向上跳跃
每次都想接近太阳
很厚的云层
半途而废

向四周寻觅
每次都想找到最爱的人
万水千山
半途而废

一个接着一个绽放
足迹追着足迹
高声地谈笑
热闹了一方天空
五彩缤纷的世界
红色的最亮

噼噼啪啪的发布
某地，正在发生
一个生命的高潮

2017 年 11 月 18 日

你，为什么不说话

天高云淡，轻描淡写

有风经过

绿叶轻摆，黄叶悲伤

半掩黄土的小草

心事重重

小猫小狗

轻松地划过

香樟、栾树、榆树

不动声色，鸟鸣散淡

钢琴如水

漫过所有的山河

敷上崭新的意念

快走队伍的铿锵声

浩大无比，直撞得这静静的野秋

东倒西歪，果香四溢

落叶早就有安排

夕阳不懂一脸的忧伤

在拱起的小桥上听

百花的诉说，终至催眠

不声不响地穿越时空

也许就是这样的时间地点

根本用不上穿越

一壶酒，一轮明月

我站在这座雕塑前

名曰《对话》——

一个人与一只蛙

人低着头，蛙仰着头张大嘴巴

——我洗耳恭听

2018 年 9 月 2 日

如何开口

中午时分，闷热
窗外的鸟儿发生激烈的争吵
群体事件，声音沙哑
我赶忙跑到窗前
准备劝架
飞走了一批
又飞来了一批
我看看这只
又看看那只
不知道如何开口
电视里正在播放叙利亚

2018 年 5 月 27 日

听 夏

骄阳似火
高大的梧桐刺向太阳
宽大的叶，谦逊
低头于自己的脚尖
数着漏进的光影
在蝉声里碎步移动

蝉声高调
用无可辩驳的缜密
撑起了高高的穹顶
置身其中
凉风热了蝉鸣
蝉鸣凉了风儿

蝉鸣就在头顶
仿佛伸手可及

可我摸不到蝉鸣
蝉鸣藏在
夏天的每一根汗毛里

晨跑的时候
我想问你
是蝉鸣引来了夏天
还是夏天孵出了蝉鸣？

2018 年 7 月 15 日

味 道

热气腾腾的大平原

红色的血液

充沛的雨季

一百种味道在土壤里

蚯蚓吞吐日月

黑暗涂上薄薄的一层金粉

醒着的心脏，跳动

江河海洋，一叶扁舟

破败的帆，不知何处是岸

美丽的风景，软体的蠕动

向世界索求无限的价值

有限的生命，很轻的奢求

沉重在眉宇间坚硬如刀锋

无数条支流都有很多的舍与不舍

那个地方的水草和方言

满足海洋的经典吞咽

无问西东，酸苦甘辛咸

一座座山脉

山上的石头、野兽、原始森林

顶级群落的桂冠戴了很久

新长的草木强大的欲望

抬起头，突破腐朽

离天空更近

解冻的土壤里

味蕾在春雨里湿透

延伸，无牵无挂

2018 年 2 月 18 日

我的耳朵流淌

我的耳朵，流淌阳光
在阳台外
一切没有阴影的地方
围追堵截
猫捉老鼠的游戏
地盘的挪移
我中有你，你中有我
阳光能照到的地方
不会生长苔藓和霉菌
光明有修复的功能

我的耳朵，流淌鸟鸣
白头翁，黄莺，斑鸠
还有各种复杂的声音
用绿色浆染
用阳光过滤

和着一些烟火气

和城里的灯红酒绿

菜市场，高铁站，高速路

鸟鸣都有丰富的内涵

和精彩独到的陈述

城市和乡村

每一片包含情意的绿叶里

都有丰富的脉络

溪水长流

滋养着两岸的风光

我的耳朵，流淌时光

阴天，晴天，上午，下午

夜里，流出的是黑色的桑葚

在静谧的时段里一往情深

安静地流，舒服地淌

夜被黑色的浆汁涨得鼓鼓囊囊

寻找最薄的突破口

把梦想交给天亮

我的耳朵期待着

在朗朗的晴空下

流淌阳光

2018 年 6 月 3 日

我聆听

我聆听

分不清具体的脉络

一切的复杂烦乱收拢

泥巴墙的影子，章鱼的脚

死亡的气息包裹

惨白的脸

惨白的思想

惨白的情感

在惨白的月光下，浑身无力

四周没有笑声

我笑不起来

我不想端起酒杯

我为今天送行的手

和键盘一起颤抖

我没有了这一天，这一年

世界没有了这一天，这一年

远处的鞭炮声是为了明天

我的头颅依然支撑在这个夜里

温柔的台灯把我的想法

递给阳台的花语

和今夜的月色交流

所有的事物排好队

表情肃穆成屋檐下的水滴

小区前的河流

鹅卵石的裂纹清晰可辨

夜桥的路灯无语

已经被寒冬麻痹

一柱柱呆滞惨白的眼神

秩序井然，没有喧哗

等待过一个关口

十二点的钟声

我的身体在宁静里裂变

《友谊地久天长》很轻微

婴儿的哭声已经穿越漫长的隧道

越来越大，抵达阳光的屏障

红色刺穿死亡的惨白

交给明天一座阳光密集的花园

明天是我的明天

也是我们的明天

是古人的明天

也是婴儿的明天

明天会属于越来越多的人

明天有没有雾霾，有没有噪音？

2017 年 12 月 31 日

我在安静处

没有风

太阳花立在窗台上

红了我的视线

红了绿的树

红了灰色的楼

周围的事物都在

太阳花的感染下

天真无邪

阳光突然间涌出

像掌声一样挪出了

太阳花于静默中的娇羞

阳台上的植物无声

两把椅子无声

长长的吊兰

把所有漏网的喧嚣结起来

轻轻地往下放
三角梅宽大的叶子
似乎要有推心置腹的交谈
可阳台上依然狭小的空间
一片空白
红色的洒水壶独自眺望窗外的太阳花

书房里书桌无声
宽大的书橱无声
袅袅的茶香无声
我知道我背后书橱里的每一部作品里
都有巨大的声响
被我紧紧地合着
久而久之
它们便学会了沉默
只有当我打开时
那些字才会跳出来开疆拓土

此时此刻
世界上只有我敲键盘的声音。

2018 年 9 月 1 日

响　雷

这是我今年听到的最响的一声吆喝
干旱了这么久，卖什么呢？
窗外闪着严肃的白光

主席台下小声议论
开会之前，台上领导未至
雷声很小
蚯蚓轰隆隆地在天边蠕动

哗啦！窗外的香樟树
突然一个断喝
闪电的笑容
大概是香樟的邀约
这一下
就这一下
肯定吓到了谁

也鼓舞了谁

这之后，世界很静
只有雨一直在下

2018 年 7 月 26 日

阳台之痛

三平方米

两张椅子

十六盆花草

拥挤不堪

相互踩踏

因为没有人员伤亡

媒体没有报道和评价

春夏秋冬

在阳台上碾压

一道道辙印深深地勒进我的皮肉

日月星辰

从阳台上划过

一个个血口

喷涌着夕阳的余晖

阴晴圆缺

从阳台上漫过

修剪的手不停地颤抖

枯黄和绿色的意象掉落

砸痛了一地鸡毛

岁月在光明里扳着手指算计

在黑暗里鼾声假寐

在白与黑的缝隙里

各种强盗横行

酩酊大醉

浇水，剪枝，施肥，除草

我想把阳台养肥养壮

这是书房通向阳光的唯一通道

我诗歌出行的小站

我应该满足花盆里的蚂蚁在低处的渴望

2018 年 5 月 6 日

太阳花

太阳高贵的姓氏

流落人间

烟火里普通而低调

太阳的筋骨

支撑着我窗外的蓝天白云

立在窗口拒绝透明的诱惑

不言不语，饱餐月色星辰

——就让我站在这星空下吧

璀璨前必需的安宁！

每天迎接黎明

迎接太阳

迎接香樟摇曳的欢颜和姿态丰富的鸟鸣

每天阳台上站满深呼吸的清晨

对面楼房钢琴如水

这里虔诚地捧出一片温暖的红

妖娆的少妇路过窗口

总有一个美丽的眼神在风中

香樟、榆树、栾树、玉兰

一起唱和，一起律动

一起把诗歌铺满你我金色的日程

她的风姿恰到好处的红

掩饰了我的多情

我和书立在她的身后

受惠于她太阳一般的颜容

阳光在心里

花落在太阳的诗笺上

2018 年 11 月 3 日

辑五 黄色原野

2017

我贪婪地品吸

2017

精致的烟丝

洁白的泥巴墙包裹

轻松潇洒的呼啦圈

套在生活的腰上

摇曳出婀娜多姿

苗条了岁月

微微汗出

企图刷白雾霾染黑的天

寒冷，咳嗽

迎风，咳嗽

咽痛，咳嗽

咽痒，咳嗽

干咳无痰

一口痰堵在喉咙里

垂死的挣扎

我喝了几瓶止咳糖浆

我对着电脑咳嗽

对着手机咳嗽

对着雾霾咳嗽

我设下埋伏

这颗射向雾霾的子弹

咳、咳、咳

2017 年 12 月 31 日夜

电视在倒计时

我站在阳台上

我终于咳出了一枚精致的枯黄

我听到了胜利的欢呼

哦，新年!

2018 年 1 月 3 日

笔　筒

几尾鱼围着鲜花
游在清朝的水池里

插着现代的笔
基本不用
为了圆一个善意的梦

我敲着键盘遣词造句
目光把诗和远方插进笔筒
虔诚焚香

2018 年 6 月 23 日

孤独的荒地

城中有块地
野草疯长着各自的心思
挖掘机在近处发着低烧
高楼正从远处走来

你摸着自己坐出来的肚腩
你开了一块地
你早晚一身汗
你种植了一些时令蔬菜
夏天的时候
你浇水施肥锄草
你脱掉衣服光着膀子
你赤脚踩在儿时的土里
你想到了爷爷和父亲
你越干越有劲

2018 年 4 月 17 日

我看不到海水的湛蓝

午后静的时候
十二级台风
在窗外偷窥

后浪赶着前浪
一排排涌向岸边
砸在光秃秃的岩石上
惊起了水鸟
惊跑了岸边人
此时，我在一叶小舟之上
随波起伏
被无穷地推向岸边
高高抛起，砸向岩石
我！突然抓住了电话的铃声
一个甜甜的女声：
"先生，要不要贷款?"

277

窗外是一条高速路
每天都在制造着大海
我看不到海水的湛蓝
只看到高速路上的汽车一辆接着一辆
急匆匆的尾气熏黑了海边的人

2018 年 4 月 11 日

孤独的龙舟

河边，路的尽头

结实的木架上，两只龙舟

底朝天，像两只动物的裸体

在接受天空的检阅

震天的锣鼓、号子和呐喊

掀起的水花冲天

这个时候全部被罩在舱内

浓密的阴影全是心思

阳光正烈

我围着龙舟转了两圈

长长的，尖尖的，平滑的背部

护着正在成长的隐私

端午，翻身的时候

把所有的荣华富贵给你

2018 年 4 月 18 日

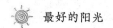

孤独的椅子

现代化的噪音不远
半山腰有彩色的小径
平和地喊出人情味
花草四溢
一张木质的椅子
经常若有所思地陈设在
夕阳柔软的眼神里

餐厅有六张椅子的圆桌旁
经常坐着妻子、女儿和我
另外三张椅子很多时间是空的
默默地陪着另外三张的热闹
一声不吭
我茂密的灵魂里
经常放着一张空椅子

2018 年 4 月 17 日

孤独的蛛网

一弯细月

惨白无神

无向的风搅动树林

阴影发出怪声

偶尔的鸟鸣急匆匆

响尾蛇流行阴影

昏黄的路灯没有血色

沾满飞虫的蛛网

破败不堪，不见了蜘蛛

风中摇摇晃晃的陈年老酒

还剩几滴

荒废了百年的老宅

剥脱的朱漆和绣花鞋

坑坑洼洼的夜色

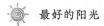

高处是星星冷漠的眼神

穿越千年的铠甲

遥远的叙利亚到底有没有生化武器

2018 年 4 月 18 日

荒　原

石头和石头对话

风沙和风沙笑谈

一棵颤巍巍的枯草

哼着秦时明月汉时关

将天地撑开了一条缝

浅灰色的输液

流进了深褐色的血

一万个细胞在同一个主题下

沉闷地张大了嘴巴

如果上下合拢

就会有巨大的声响

无数只鸟的鸣叫

脱颖而出的枪炮声

荒原里有敌人构筑的防御体系

鸟鸣的厚度

正在拓展天地的缝隙

远方集结的万紫千红

已经埋伏了一万年

就要发起冲锋

正在等候电闪雷鸣

2018 年 2 月 10 日

黄昏公园

黄昏散靠在那面绿茵茵的山坡上
和树一起
听晚霞弹奏白云
绿色深处的邮箱
低矮如小草
肖邦穿越时空
山花般的夜曲和圆舞曲漫天飞舞
何人认领？

三只鸟儿
从我的头顶上热烈地飞过
周围山野渐稀的鸟鸣
终于在太阳落山之前
推出了几声清晰的布谷鸟鸣
故乡的原野掠过天空
给静谧的黄昏

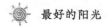

铺上了一层深邃和悠远的烟尘

鸟鸣和乐声

填满了黄昏的每一个缝隙

大路和小道上

我们一起和公园起伏胸脯，轻声细语

2018 年 5 月 31 日

回　家

圆圆的春运

贴上回家的标签

立在世界橱窗

成了中国品牌

五色的漂流瓶

窃窃私语

在蓝色的海洋里

躁动不安

微风细浪等待未来

幸福总会发现

屋檐下蜘蛛的网撒向远方

网住月亮不停地圆缺

网住大潮里的灵光

网住漂流瓶里传世的乐章

故乡安放不下肉身

他乡无法寄存灵魂

一辈子，不停地回家、离别

回家总是在体内醒着

睁眼数着满天的繁星

一声乳名捧住沉寂的泥土

离别的锋芒突然在栅栏外

戳破枫树的泪滴

一辈子都在回家

一辈子都在离别

一辈子，都在回家，回家

2018 年 2 月 8 日

｜ 疾　行

在人工智能的小径上疾行
月色掩护了两边的或枯或绿的树
小心脚下的路
总是会遇到我小学的同学
叶子，人老珠黄
她总是热情地问候我
我当然真诚地感谢
问问她的近况
并多看她一眼
她在春天和夏天的时候
看上去很漂亮
她并不是我的初恋
她躲闪的眼神
总是让我想得很多
甚至于激动
我开智太晚

我的爱情

莲花的死亡

爷爷奶奶的坟茔

还有根的声音

穿过石头

透过地表

坐等一场雪的渲染

2017 年 11 月 26 日

家门口的小路

草坪在夜的树上开花

谦恭地照着丰满的小路

每块妖娆的肌肉

小路的每条砖缝里嵌着

深浅不一的脚印携带的复杂

蚂蚁不舍昼夜

搬动着日光月光和灯光

为小路增加营养

路灯低于星空

矮于楼房

笑脸相迎

夜归的人哼着泡在酒里的小曲

惊讶了树丛里正准备安眠的鸟鸣

那个最亮的窗户

映着来回走动的人影

2018 年 5 月 22 日

枯黄的柳丝

水里的想法

说不出口

枯黄的柳丝

在连绵的秋风里静穆

一动不动

苦思冥想的神情里

这么早

就构思着对秋天的悼词

柳树旁的空地上

一老者满头白发

正在打着太极拳

一招一式

似有回天之力

野马分鬃

白鹤亮翅

手挥琵琶

行云流水

打着打着

柳丝又有了春天的会意

2017 年 9 月 23 日

两把空椅子

我书桌的对面
有两把空椅子
我经常幻想着对话
说出些精辟的奥义
有时诵读，微笑，点头
尤其在我痛苦地抬头
汉字卡得我难受
我吐不出咽不下时
阳台上挤过来的阳光
热烈地透视着这种空

这种空和我写诗有什么关系
和我喝茶有什么关系
和我书桌上的中医经典
别人的诗集有什么关系
我埋头是空的

我抬头是空的

纸张是空的

烟灰缸是空的

植物绿得伤心

红色的鱼儿自在地游动

我接了一个电话，点燃了一支烟

有了我希望的丰满

2018 年 1 月 13 日

两块石头

两块石头
挡住了投江的路
江里
有阳光印刷的海报
和情绪激荡的水鸟
在陌生客面前
演绎一个富有营养的主题
浪花一个接一个传递
夏日里香喷喷轻柔的呼吸

风儿转身，我们合影
目光沿着来时的路
越过精致的木桥
一对恋人的热吻
移向茂密的丛林
微笑，和鸟鸣相遇

蓝天白云
高过山顶的古寺

长江在这里迂回沉思
千军万马
两块石头，龙虎静卧
轻松地压住了奔流不息的阵脚

2018年6月2日

秋　分

哥哥在季节的路口

安营扎寨

回望通红的炮筒

弥漫的硝烟

一只和平鸽落在枯枝上

像极了几百年前的那只昏鸦

弟弟在哥哥的目光里前进

随着一枚金黄的叶子飞行

在大洋的彼岸

一个低于尘埃的机场降落

啃了一口红红的苹果

喝了一杯新酿的葡萄酒

心酸，忍不住地回头

哥哥已是满头白发

2017 年 9 月 23 日

┃ 扫落叶的女人

寒风，眼神

夹带砂子的黑暗

失败的冷雨

抽打季节的耳光

遗老遗少

落叶风声里凄凉

干瘪的乳房挤出了

最后的乳汁和血浆

曾经的喷涌已不能成线

断断续续地滴在儿女们的心上

扫落叶的女人不怕冷

扫帚拢起掉落的温暖

棉衣裹紧胸脯

微弯的身体绷直了犹疑的时光

天空总是一尘不染

扫落叶的女人有儿女情长

扫帚在天地间书写

麻雀的诵读简简单单

扫落叶的女人有漂亮的乳房

充沛的乳汁在积蓄

春天就会有小溪流从容流淌

2018 年 3 月 3 日

｜ 商合杭高铁过江

三个美丽的地点

被串成一朵花

戴在青春少女的头上

无需化妆

阳光下的坦露

径直的性感

迷倒了一片城乡

制造无数场恋爱

走进婚姻的殿堂

拥吻的新郎新娘

沿途散发喜糖

宽阔的江面

经常絮叨

天门中断

数九寒冬的故事

牵手，牵手，再牵手

火热的心情

被规划，被设计

被微风荡漾伪装

被会议冷却的坚硬插入江水

江很痛

止不住的泪水抽打

从平静到波澜，到翻滚

被要求一个声音

和风雨雷电共振

流畅的线条

被折成了微微卷起的发梢

梦总是在朝霞里清醒

在黄昏里对接

江边无数的美景

被钓鱼人的鱼竿，抛进江里

慢慢拉上来的

是蓝天碧水

是又一个又一个饱满的阳光

我端着相机和夕阳对峙

和江风调戏

橙色的江面上

无数双手紧紧扣在一起

起伏着一面旗帜

2018 年 6 月 30 日

蝉鸣黄昏

淡蓝色的蝉鸣

和着

我的肺开合

呼吸雨后的天空

天空慈祥

两行墨点飞行

河水渐被染黑

夕阳燃烧的黄昏

在黑暗即将拼接

完成的缝隙中

不甘心地频频露头

我在铺满林荫的山道上

深吸一口气

缓缓吐出了日落

尘世间所有的灯火

2018 年 6 月 28 日

倒车，请注意

母亲，把我的乳名

种在地球上

希望长成向日葵的模样

春天，雨的丝线

总是把春雷和闪电

绣成了红花和绿叶

在炽烈的阳光下

长成丰满的蝉鸣和苗条的萤火虫

秀色可餐

沉甸甸的果香

在落叶之上

戳上我的乳名

给世界发传单

一枚枚阳光飘进寒冷的冬日

在纯洁的故乡

总是有母亲，温暖的方言

唤着我的乳名
在乳名的后面跟着：
倒车，请注意！

2017 年 8 月 8 日

孤独的诗

我伏案，趴在电脑前
敲敲敲
我激情澎湃
电脑无声
发福的中年无声
一行行蚂蚁在觅食

鱼在觅食
我不用觅食
我羡慕鸟鸣
终日在窗外叽叽喳喳
我也想唱
让你竖起耳朵
让你有清净的头脑和五脏六腑
享受树的摇动
享受鸟巢的幸福

享受阳台安静的休闲椅和散放的诗集

享受故乡的炊烟飘着乳名

我也想唱，可我的喉咙很沉重

卡着一座灰黄的寺庙

沉闷的钟声

诵经和小和尚毕生的木鱼

险把我红肿的扁桃体

震下幽深的悬崖

粉碎的启示

吞咽，一百遍的重复山水

污泥浊水排进世界的下水道

所幸，绿水青山就是金山银山

我寻到了夹在祖父蝇头小楷里的

蝉蜕和加减小柴胡汤

2018年6月9日

这种声音

黄昏微笑
抚遍大街小巷的每一根神经
告别今天的阳光
有许多的纪念和不舍

笃笃笃……
清晰的木鱼声
传来如水的笃定
这里没有寺庙的香火
每幢楼里景色宜人
都安置有爱情的床第
挂着好看的窗帘

这是菜刀落在砧板上
切磋人间烟火
向落日发出平和的邀请

句号，每一天的圆满
在这里
有为白天送行的美味佳肴
还有晃动的潮水，碰杯的声音

2018 年 6 月 23 日

后　记

　　这本诗集是我2017年下半年和2018年的部分作品。作品的内容侧重由"看到的"和"听到的"意象而展开。另外一部分这个时期的作品，侧重于"抽象的"意象，将另结集出版。

　　这本诗集在继承了《经典药方》的朴实、自然、真情（著名诗人乔延凤语）的基础上，又有了一些新变化。

　　其一，诗歌题材进一步拓展。在一些具体物象的基础上，融入了个性化的情感和思想，由表及里，由此及彼，使得诗歌的意象精彩纷呈。

　　其二，诗歌技艺进一步提高。庞德说过，避开平庸的唯一办法是精确。在过去意识流意象堆砌的基础上，讲究诗歌象征意义的表达，用隐藏的诗歌主线，串起了整首诗貌似散乱的诗歌元素。每首诗都有很鲜明的诗眼，读后诗意盎然。

　　其三，对诗歌更加敬畏。过去写诗，从来不修改，往往是一气呵成，一个晚上能写上三四首诗，写好后就发到一些诗歌平台上，第二天就能发表。那时认为诗歌是灵性的观照，是有灵气的人才能进行的创作，创作主要是靠灵感来袭。这两年来我读了大量的诗歌作品和诗歌理论，尤其是吉狄马加、洛夫、陈先发和余秀华的作品，我都是研读再三。陈先发的《九章》对语言的锤炼达到极致，善于从小的具象里开发出丰富多彩的大意象。我开始不轻易写诗了。即使写了也要再三修改，才投出去发表，并且开始向纸刊投稿，先后上了《诗歌月刊》《安徽文学》《水仙花诗刊》《长江诗歌》等一些刊物和省市报纸。我现在已成为安徽省作家协会会员，中国诗歌学会会员。这也是创作人的一杆秤吧。

在诗歌写作过程中，我认识了一些好朋友，对我的创作帮助很大。像梁小斌、李云、曹大臣、杨四平、应文浩、黄玲君、北魏等，都是我的良师益友。

我还是要认认真真地工作，满腔热忱地行医，身心愉悦地写诗。

我的业余时间基本一分为二。一部分时间用来读诗写诗，另一部分时间要用在研读祖上留下来的中医古籍和经典医案上。我每周有半天门诊。我看病，承祖上遗训，和写诗一样特别地心有灵犀，疗效甚好。甚慰。我在想，所有当医生的诗人是不是都会特别契合和灵动呢！所以我的笔名是郎中。朋友都说这个笔名好，贴切。

我还是那句话：医道练就了我的情怀，文学升华了我的情感，诗歌就是我生命的呈现。

感谢南京大学教授、博士生导师、著名诗人曹大臣先生为诗作序！感谢家人一直以来的关爱和支持！感谢朋友们一直以来的关注和欣赏！

诗集取名为《最好的阳光》，万物生长靠太阳，我爱阳光。诗歌是文化中的文化，文明中的文明。愿我的诗歌是最好的阳光，五色七彩，照耀你我的心灵。不辜负诗，不辜负远方！

江双乐

二〇一九年六月三十日